C. COQUELIN

DE LA COMÉDIE-FRANÇAISE

UN POÈTE PHILOSOPHE

SULLY PRUDHOMME

PARIS

PAUL OLLENDORFF, ÉDITEUR

28 *bis*, rue de Richelieu

1882

UN POÈTE PHILOSOPHE

DU MÊME AUTEUR

L'*Arnolphe* de Molière, 1 vol. in-16.
L'Art et le Comédien, 1 vol. in-16.
Molière et le Misanthrope, 1 vol. in-18.
Scène tirée du *Démocrite* de Regnard, 1 vol. in-18.
Un Poète du foyer (Eug. Manuel), 1 vol. in-16.

EVREUX, IMPRIMERIE DE CHARLES HERISSEY.

UN POÈTE
PHILOSOPHE

SULLY PRUDHOMME

PAR

C. COQUELIN

DE LA COMÉDIE-FRANÇAISE

PARIS
PAUL OLLENDORFF, ÉDITEUR
28 *bis*, *rue de Richelieu*, 28 *bis*.

1882

IL A ÉTÉ TIRÉ DE CET OUVRAGE
Quinze exemplaires sur papier de Chine.

UN POÈTE PHILOSOPHE

MESDAMES ET MESSIEURS,

JE voudrais aujourd'hui vous entretenir d'un homme dont j'ai malheureusement peu l'occasion de parler, les choses qu'il écrit n'étant pas faites pour le théâtre; et dont, cependant, je désire avec passion dire quelque chose, pour toutes sortes de bonnes raisons : — la première, c'est que si l'on attend qu'il parle de lui-même, on attendra toujours; la deuxième, c'est que personne ne vaut plus que lui la peine qu'on en parle; la troisième, c'est qu'il n'y a que du bien à en dire, et que je sens que j'éprouverai, en vous en parlant, cette espèce de soulagement délicieux que l'on éprouve à louer ses amis : — comme aussi quelquefois à en dire du mal ; le tout est d'épancher son cœur.

J'ai dit que c'était d'un *homme* que je souhaitais causer ce soir ; si j'ai employé ce nom au lieu de celui de poète, c'est que, si grand que soit le poète, je considère l'homme comme supérieur encore ; et je ne forcerai pas ma pensée en déclarant que nous avons affaire, en lui, à l'un des plus parfaits exemplaires que l'humanité ait tirés de soi-même. Ceux qui ont l'honneur de le connaître sont certainement de cet avis, les autres le partageront, j'en suis sûr, avant même que j'aie fini de parler.

Ce n'est pas cependant la biographie de Sully Prudhomme que je vais raconter ; il n'en a pas d'ailleurs. J'aurais dit bien vite, si je n'avais à dire que les événements qui ont pu marquer son existence. — On assure qu'ils sont heureux, les peuples qui n'ont pas d'histoire ; mais en est-il de même des hommes qui n'ont point de biographie ? Je ne le crois guère : car même ceux à qui il n'arrive rien ne tirent pas moins le collier des communes misères, et il suffit pour souffrir d'être homme et de penser. Or, nous allons le voir, Sully Prudhomme est, avant tout, un penseur, de ceux pour qui toute souffrance compte double, car ils ont la manie de réfléchir et de retourner le fer dans la plaie, pour analyser la douleur. Si simple qu'ait été sa vie, elle ne lui a donc pas moins fourni les éléments nécessaires pour tremper une âme ; et la trempe a d'autant mieux réussi que le métal était plus pur. Son histoire n'est que le développement d'un caractère, et le fonctionnement suivi d'un cerveau.

Avant d'aller plus loin, je voudrais, pour vous intéresser mieux à lui, vous mettre son portrait sous les yeux : c'est grand dommage que je n'aie pas sous la main celui qu'en a fait Carolus Duran, et qui donne bien l'impression du grand réfléchisseur qu'il est. Faute de ce pinceau magistral, il me faut contenter d'un croquis à la plume : Sully Prudhomme est grand ; il tient la tête légèrement inclinée ; son front harmonieusement tourné, plein et poli, s'abrite, assez mal déjà, sous des cheveux châtains; les yeux sont bleus, doux et sérieux; ils regardent en face, attentivement, mais sans insister; dans le nez, long et fin, et la façon dont s'y rattache la lèvre supérieure, il y a quelque chose de Musset; de la barbe, blonde et rare, s'échappe, presque sans qu'on le voie mouvoir les lèvres, une voix au timbre persuasif, qu'il n'élève jamais et à laquelle sa conviction profonde communique seulement une vibration discrète et pénétrante. Il y a dans cet organe quelque chose de celui d'un abbé, mais sans le ronron religieux, et l'onction y est remplacée par la suavité. Cela le fait écouter avec respect, même par les gens qu'il contredit; car, en toute sa personne, dans le regard, dans l'attitude, dans la voix, il y a quelque chose qui semble demander pardon de la liberté grande qu'il prend d'avoir raison. Seulement, ce n'est pas de l'humilité : on sent dessous l'esprit qui ne cède rien : c'est le tact le plus pur; c'est cette politesse souveraine de l'homme supérieur qui respecte en vous la dignité qu'il se sent au plus haut point.

A l'appui de ce que j'avance, je veux tout de suite vous conter une anecdote bien caractéristique. Sully Prudhomme se trouvait un jour chez une jeune femme qui a de très grandes qualités morales et intellectuelles, mais qui les gâte par un parti-pris religieux vraiment excessif. — Il y avait là, avec elle, comme d'habitude, trois ou quatre curés. Après dîner, cette pieuse compagnie se transporta au jardin, où la conversation s'engagea naturellement sur les décrets, — c'était au fort de la persécution, — puis sur les miracles, enfin sur la foi. Sully, seul contre trois, prit, non pas la fuite, — moi, j'aurais pris la fuite, — mais la parole ; et très doucement, de ce ton suave et discret que vous lui connaissez maintenant, sans se faire interrompre, avec toutes sortes d'arguments que ses précautions presque tendres rendaient plus irrésistibles encore, il démontra mathématiquement à ses interlocuteurs en soutane que la divinité du Christ peut aller de pair avec celle de Vichnou ou de Bou-Amema, et que Jésus, hélas! ne fut qu'un homme, à moins toutefois qu'il n'ait jamais existé. — Et quand il eut achevé cette démonstration, ruineuse pour leur église, les pieux auditeurs étaient néanmoins si peu irrités, le charme de l'ensorceleur avait si bien opéré, qu'ils disaient tous trois à leur hôtesse : « Ce monsieur est extraordinaire ! Il a quelque chose de divin ! » Et la dévote hôtesse elle-même répétait : « C'est vrai, il a quelque chose de divin ! » restituant ainsi au suave et terrible argumentateur la divinité même qu'il venait d'enlever à leur idole..

Telle est la séduction qu'il exerce. Jugez à quel point serait dangereux un tel homme, s'il n'était, avant tout, le bon sens et la sincérité même !

Sully Prudhomme est né à Paris, le 16 mars 1839. Il n'a pas connu son père, mort quelques mois seulement après sa naissance. Il a été élevé par le groupe le plus respectable et le plus tendrement uni, un trio composé de sa mère, d'une sœur de celle-ci et d'un frère qui est resté célibataire pour assurer l'avenir de son neveu et de sa nièce. Car Sully a une sœur ; et toutes ces âmes féminines mêlées à son éducation première n'ont pas peu contribué, sans doute, à développer cette exquise délicatesse qui est un de ses traits distinctifs.

Les goûts de cette famille étaient d'ailleurs plus que simples ; ils confinaient à l'austérité. La maison était silencieuse, les visites rares et toujours les mêmes; ces bonnes gens s'aimaient, et s'aimant, ils se suffisaient. Leur affection, d'ailleurs purement fraternelle, ne comportait guère d'expansion : on se connaissait depuis si longtemps ! Dans ce milieu étroit, bourgeois comme au vieux temps, quasi calviniste, Sully a grandi, et en vertu sans doute de ses innéités, il n'en a point souffert; il en a gardé la simplicité, bien que plus humaine, la fière et délicate réserve, la répugnance pour tout ce qui est faste ou représentation ; en un mot, il est resté bourgeois lui-même, mais bourgeois, il faut le répéter, à la mode du XVIe et du XVIIe siècle ; bourgeois du temps où ce titre impliquait la gravité de la tenue et la fermeté d'un libre esprit.

Je me rappelle qu'au temps de la grande querelle de Barbey d'Aurevilly avec les Parnassiens, — où sont les neiges d'antan ? — ce fut en 1865, le hargneux et fantasque critique jugea la poésie de Sully sur la dernière partie de son nom, qui est du reste le véritable ; Sully était le nom de son oncle qu'il a adopté par reconnaissance ; et qu'il la déclara digne, en effet, par la forme et par le fond, de M. Prudhomme.

Ce jugement ne fait guère honneur à la perspicacité de M. Barbey : mais on eût pu tirer du blâme un bel éloge, en rappelant que ce mot *prud'homme* signifiait originairement l'homme complet, le sage et le vaillant, le cœur et le conseil : et rien, certes, n'est mieux applicable à notre ami.

Ce caractère s'accusa dès qu'il entra en rapport avec le monde : c'est-à-dire, dès qu'on le mit en pension : car c'est par le collége que nous entrons en communication avec nos semblables, et la lutte pour l'existence a pour premier acte ou pour prologue la lutte pour les prix. Le deuxième ou le troisième dimanche qui suivit son apparition à l'institution Bousquet-Basse, sise sur les hauteurs aérées de Chaillot, un gamin plus jeune que Sully qui avait dix ans — gamin qui devait devenir son *plus grand et invariable ami*, comme dit Montaigne — ce gamin donc, en rentrant chez lui, dit à sa mère : « Maman, il y a un élève à la pension qui sera un grand homme. » Et ce disant, il exprimait l'opinion unanime de ses cent vingt camarades. Tous avaient été conquis par le nouveau venu. Du premier coup le premier dans toutes les facultés, pas l'ombre d'orgueil, camarade excellent, même pour les cancres, il les avait surtout frappés par ce qui est, du reste, sa dominante : son esprit de justice, mais de justice raisonnée, réfléchie. C'était l'arbitre de toutes les querelles, et lorsqu'un ergoteur de douze ou treize ans, engagé dans la discussion de quelque point litigieux, voulait river le bec à son adversaire encore insoumis, il lui décochait cet argument sans réplique : « Prudhomme l'a dit. »

Malgré ses succès, malgré l'amitié de ses compagnons de classe, malgré l'estime de ses maîtres, Sully qui n'avait pas souffert dans le cercle quasi claustral de sa famille, Sully souffrit à la pension. Il souffrit de la peur de mal faire, affolé à l'idée d'une mauvaise note ; il souffrit de la brutalité des mœurs du collége, — les enfants sont entre eux un peu Peaux-Rouges, — il souffrit enfin de la séparation d'avec les siens, et la trace de ces impressions palpite dans la première pièce des *Solitudes* que je vous demande la permission de lire, pour vous délasser de ma prose.

PREMIÈRE SOLITUDE

On voit dans les sombres écoles
Des petits qui pleurent toujours;
Les autres font leurs cabrioles,
Eux, ils restent au fond des cours.

Leurs blouses sont très bien tirées,
Leurs pantalons en bon état,
Leurs chaussures toujours cirées;
Ils ont l'air sage et délicat.

Les forts les appellent des filles
Et les malins des innocents :
Ils sont doux, ils donnent leurs billes,
Ils ne seront pas commerçants.

Les plus poltrons leur font des niches,
Et les gourmands sont leurs copains:
Leurs camarades les croient riches,
Parce qu'ils se lavent les mains.

Ils frissonnent sous l'œil du maître,
Son ombre les rend malheureux;
Ces enfants n'auraient pas dû naître,
L'enfance est trop dure pour eux!

Oh! la leçon qui n'est pas sue,
Le devoir qui n'est pas fini!
Une réprimande reçue,
Le déshonneur d'être puni!

Tout leur est terreur et martyre;
Le jour, c'est la cloche, et, le soir,
Quand le maître enfin se retire,
C'est le désert du grand dortoir :

La lueur des lampes y tremble
Sur les linceuls des lits de fer;
Le sifflet des dormeurs ressemble
Au vent sur les tombes, l'hiver.

Pendant que les autres sommeillent,
Faits au coucher de la prison,
Ils pensent au dimanche, ils veillent
Pour se rappeler la maison.

Ils songent qu'ils dormaient naguères
Douillettement ensevelis
Dans les berceaux, et que les mères
Les prenaient parfois dans leurs lits.

O mères, coupables absentes,
Qu'alors vous leur paraissez loin!
A ces créatures naissantes
Il manque un indicible soin :

On leur a donné les chemises,
Les couvertures qu'il leur faut :
D'autres que vous les leur ont mises,
Elles ne leur tiennent pas chaud.

Mais, tout ingrates que vous êtes,
Ils ne peuvent vous oublier,
Et cachent leurs petites têtes,
En sanglotant, sous l'oreiller.

En *post-scriptum* à cette charmante pièce, il convient d'ajouter tout de suite que personne ne sut rien des épreuves qu'endurait l'enfant. Il se taisait, il ne pleurait pas. Cela est un des côtés les plus nets de cette physionomie : avec la sensibilité raffinée d'un Musset, Sully est cependant un stoïque, et dès l'enfance, il s'est imposé d'agir en tout de la façon la plus conforme à la dignité d'un homme, disons mieux d'un mâle. Pleurer est vain, se plaindre est d'un cœur faible. Il ne se plaint jamais. Il a pu quelquefois verser une larme d'attendrissement ; la douleur ne l'a jamais fait pleurer.

Mon frère a vu perler une larme dans les yeux de ce stoïque. C'était le jour où l'on érigea le monument de Corot. On sait comme la cérémonie fut simple et touchante. Il y eut un banquet le soir ; un orateur illustre y prit la parole, je le nommerai suffisamment en disant que c'est le plus grand, le plus puissant que nous ayons à cette heure, et dans un langage que ses familiers seuls lui connaissaient, il apprécia d'une façon exquise la grâce flottante et la vaporeuse harmonie du maître; puis de cette poésie fixée par le pinceau, il passa à l'autre, à celle des vers, il résuma, comme à vol d'oiseau, l'école contemporaine, et Sully Prudhomme y fut cité au premier rang, et l'éloge fut si juste, et la parole était si chaude, l'accent si pénétrant, une telle sympathie fut suscitée alors autour de lui, que Sully ne put dominer à temps son émotion : il inclina la tête, mais une larme avait été vue. — Après tout, née qu'elle était sans doute, non seulement de sa modestie touchée, mais aussi de son admiration pour la grande parole qu'il entendait, cette larme-là pouvait s'avouer : elle n'était point un signe de faiblesse; les grands cœurs seuls en répandent de pareilles.

Son stoïcisme ne l'empêche nullement de

sympathiser avec les souffrances d'autrui. Pas d'ami plus sûr, plus dévoué. Il apporte dans l'amitié des franchises de justicier et des délicatesses de femme.

Voyons le justicier d'abord : l'anecdote se passe au lycée Bonaparte, où il entra pour achever ses études. Encore une anecdote de collége, dira-t-on. Eh oui ! personne, je crois l'avoir fait comprendre déjà, n'a été plus que lui fidèle à soi-même. Il s'est développé en ligne droite : tel l'enfant, tel l'homme ; la vie enfin l'a grandi sans le changer.

Donc au lycée Bonaparte, un de ses camarades, un petit, fut frappé par un autre, un grand. Sully fut indigné, mais il n'eut pas que cette indignation qui fait des vers : il eut celle qui agit. Il résolut de venger le camarade si peu chevaleresquement rossé ; et il voulut donner à cette juste vengeance l'éclat et la correction qui seyent à Thémis. D'après ses conseils donc, au sortir de la classe, et comme le tambour réglementaire roulait encore, le petit battu suivit son vainqueur, qui avait seize ans et la taille d'un cuirassier, et montant un degré pour se trouver de niveau, le prit par la cravate et lui décocha coup sur coup deux bonnes gifles, — non sans s'effrayer un peu de son courage, il faut l'avouer. Le cuirassier étourdi se rebiffe : mais avant qu'il eût pu faire un mouvement, Sully, le vertueux Sully, qui avait déserté la classe de seconde pour assister à l'exécution, se trouve derrière lui, le soulève de terre, l'étale sur le sol, double la dose, et lui dit, très doucement d'ailleurs : « Ce n'était pas assez de deux soufflets pour un lâche qui frappe un plus faible que soi. »

Comme ce petit trait le peint bien tout entier ! Il n'a pas agi là par l'entraînement irréfléchi de l'amitié ; il a raisonné son action. Un être faible avait été battu par un plus fort : cela ne doit pas être, s'est-il dit ; tirons justice ; mais comment ? En faisant souffleter le fort par le faible, premier point ; en protégeant le faible ainsi vengé contre les suites, deuxième point. Ce deuxième point, dans l'exécution, peut me nuire, et grièvement : mais cette considération ne doit pas m'arrêter, car l'action est bonne en soi ; donc, quelque sacrifice qu'elle coûte, — je la commettrai. Et il l'a commise. — C'est un théorème avec application...

L'amitié lui fit d'ailleurs commettre d'autres actes, plus difficiles peut-être, parce qu'il y entre un certain dédain du convenu, du préjugé, par où, pour le coup, Sully n'est plus du tout bourgeois.

J'ai dit qu'il avait dans ses tendresses un tact, une divination féminine. C'est ce qui le fit dans sa jeunesse le confident et le consolateur des blessés de l'amour. A cet âge, sans doute, ces blessés-là meurent rarement de leurs blessures : mais ils croient toujours qu'ils en mourront, et il n'est pas bon de leur dire le contraire. Sully les écoutait, il comprenait tout, il approuvait tout, pas de sermon, aucun encouragement à être *un homme, à se faire une raison* : il les laissait se soulager, ces futurs députés, préfets ou conseillers d'État, mis aux champs par quelque Manon de passage ; après quoi, il parlait à son tour, n'attaquant jamais la perfide, ce qui eût suscité invariablement chez la victime la tentation de la défendre, ménageant les lâchetés de la passion, et cherchant surtout à présenter les torts de la dame sous le jour le plus favorable à l'amour-propre du patient : sûr moyen de se faire écouter, de calmer l'exaspération et de réveiller les résolutions viriles d'une dignité blessée dans le sentiment de soi-même par un injuste et sot abandon. Il paraît qu'il a opéré ainsi des cures merveilleuses.

Mais il advint une fois — c'est où je voulais en venir et j'entame ma seconde histoire — qu'un ami vint épancher en lui, non pas un amour trahi, mais un amour inconnu ; une passion ardente, exaltée, désespérée ! Elle avait pour objet une jeune et charmante actrice ! Il y avait donc quelque espoir, allez-vous dire ; mon Dieu ! il y en a toujours ; mais c'est que cette actrice, devenue plus tard une irréprochable mère de famille, était déjà une vertu. L'amoureux, qui avait vingt ans, ne voulait pas cependant mourir de sa flamme, — ou la laisser mourir, — sans avoir tenté de la communiquer ; mais un autre malheur, c'est qu'il était timide. Il n'osait écrire, encore moins parler : Sully fut son refuge ; et il se vit en face d'une douleur si sincère qu'il se mit à la disposition du malheureux, lequel immédiatement en abusa et demanda à Sully cette chose monstrueuse d'aller porter un cadeau à la jeune fille et de parler de sa part.

Sully n'hésita pas, Mesdames; il y alla. Vous attendez sans doute qu'il arriva ce qu'il arrive en pareille occurrence : à savoir que l'ambassadeur fut écouté pour son compte personnel. Point du tout, et il y eut pour cela une excellente raison, c'est que la jeune actrice ne vit point Sully, qui fut reçu par sa mère, une mère... des Hespérides. Elle prêta poliment l'oreille à cet inconnu de vingt ans, qui, les mains embarrassées d'un paquet, venait, avec une naïveté non dénuée de grandeur, l'entretenir des graves désordres occasionnés par sa fille dans le cœur d'un autre inconnu du même âge ; après quoi elle l'éconduisit ; et Sully s'en revint, avec son paquet. Il n'a jamais regretté cette démarche insolite ; mais plus il a vécu, plus il l'a admirée, et il en parle comme de l'action la plus extraordinaire de sa vie. L'auteur de *la Justice*, sonnant pour un autre à la porte d'une comédienne ! Il a raison, c'est admirable.

Il y a là, n'est-ce pas, un certain dédain du préjugé courant ? C'est qu'en effet, autant il abhorre l'excentricité, le charlatanisme, autant il dédaigne les qu'en dira-t-on du vulgaire. Il lui est égal de porter un melon dans la rue; mais il évite avec soin tout ce qui ressemble à de la pose, et il lui serait pénible d'entendre dire : « Que voilà un homme bien mis ! » Être simplement en évidence, lui semble déjà un supplice. Il y a peut-être là-dedans un reste de timidité, car il a été très timide, ce qui rend encore plus beau son courage d'ambassadeur. Il avait l'habitude, au lycée, quand on l'interrogeait sur la leçon du jour, de répondre au professeur en tournant le dos à la classe et en regardant le mur. Je me plais à penser qu'il ne dira pas de la même manière son discours à l'Académie.

Il a eu à Bonaparte d'éminents condisciples : le fils de Liszt, un brillant et séduisant jeune homme, mort à vingt ans, je crois; Duvergier de Hauranne, Georges Guéroult et Léon Renault, ce raffiné, ce délicat maître de la parole, qui, je l'espère, rentrera bientôt dans la politique; d'autres encore, qui sont restés ses amis; le fils Schneider, enfin, chez qui, au sortir du lycée, après son baccalauréat ès lettres, il alla passer un an comme employé.

Il était arrivé au moment terrible où il faut choisir une carrière, et, bien que son penchant l'emportât irrésistiblement vers la poésie, son respect pour les siens, son désir de leur plaire était tel, qu'il accepta successivement ce poste d'employé au Creusot, où il ne fit rien qui vaille, et ensuite, chose exorbitante, une place de clerc de notaire ! Il resta deux ans chez Me Bertrand. Au bout de ce temps, des amis s'interposèrent ; et, comme il était visible que Sully ne ferait jamais qu'un clerc détestable, sa famille, en soupirant, consentit à le laisser écrire, pourvu qu'il achevât son droit, qu'il avait commencé entre l'usine et l'étude de Me Bertrand. Sully s'attela donc aux cinq codes, tout en corrigeant les épreuves de son premier volume, *Stances et Poèmes*, qui parut, peu après, chez Faure : l'éditeur Lemerre ne s'était pas encore levé.

Je reparlerai du livre tout à l'heure ; disons tout de suite pourtant qu'il annonçait Sully tout entier. Du premier coup, il y atteignit la perfection de la forme ; aussi eut-il le bonheur d'être signalé par Sainte-Beuve, ce qui lui assura des lecteurs attentifs, et rendit tout de suite populaire, même auprès du grand public, cet inestimable joyau, perle des futures anthologies, *le Vase brisé*, qu'on lit presque à la première page. La pièce est dans la mémoire de tout le monde; laissez-moi prendre pourtant le plaisir de vous la dire.

LE VASE BRISÉ

Le vase où meurt cette verveine
D'un coup d'éventail fut fêlé :
Le coup dut l'effleurer à peine,
Aucun bruit ne l'a révélé.

Mais la légère meurtrissure,
Mordant le cristal chaque jour,
D'une marche invisible et sûre
En a fait lentement le tour.

Son eau fraîche a fui goutte à goutte,
Le suc des fleurs s'est épuisé :
Personne encore ne s'en doute.
N'y touchez pas, il est brisé !

Souvent aussi la main qu'on aime,
Effleurant le cœur, le meurtrit;
Puis le cœur se fend de lui-même,
La fleur de son amour périt.

Toujours intact aux yeux du monde,
Il sent croître et pleurer tout bas
Sa blessure fine et profonde.
Il est brisé, n'y touchez pas!

Il suffit parfois d'une inspiration heureuse pour créer une gloire; le sonnet d'Arvers en est la preuve; et M. de Saint-Aulaire est entré à l'Académie pour un quatrain. C'est peut-être le jour où ils l'admirent, que les quarante eurent de l'esprit comme quatre. — *Le Vase brisé* est toujours auprès du public le titre le plus précieux de Sully; il a eu beau écrire *les Épreuves, les Solitudes, le Zénith;* il a eu beau devenir l'auteur de *la Justice*, le plus beau, le plus profond poème philosophique qu'on ait écrit depuis le *De rerum natura;* il est resté le poète du *Vase brisé*. Il semble que l'on veuille, en ces stances discrètement émues, saisir quelque rapport entre l'homme et l'œuvre, et se réserver d'ériger plus tard, très tard, j'espère, ce vase délicat sur sa tombe, comme un symbole.

Il y avait bien d'autres pièces exquises dans le livre; il y en avait aussi de superbes, et toutes étaient sérieusement pensées, car Sully ne comprend pas la poésie autrement ; il n'a grain de charlatanisme en lui, et il fut grandement décontenancé certain jour de ce temps-là, avant l'apparition du volume, si je ne me trompe, qu'ayant des vers à placer, il s'en fut, dans l'innocence de son âme, frapper à la porte d'une de ces revues de jeunes gens que la rive gauche voit éclore et qui vont rarement au delà des quais. Il s'attendait à trouver là des serviteurs de la Muse à son image ; il y trouva un rédacteur en chef, entouré d'un certain nombre d'inspiratrices, dont l'échevellement n'avait rien de sacerdotal d'ailleurs, et qui lui demanda à brûle-pourpoint, s'il y avait beaucoup d'obscénités dans ses vers ? — Pas la moindre, je vous l'avoue, répliqua le pauvre Sully. — Tant pis, jeune homme, tant pis, répartit le seigneur jupitérien de l'endroit ; car notre intention est de travailler à l'ébaudissement des populations. — Je ne suis pas sûr qu'il n'ait pas été beaucoup plus cru. Aussi Sully court-il encore. Je ne nommerai pas cet aimable rédacteur, lequel, du reste, n'est pas dénué de talent, et après avoir écrit beaucoup de vers indous, chinois et groenlandais, qui n'ont ébaudi personne, élabore aujourd'hui des romans gaillardo-mystiques dont il attend sans doute plus d'effet.

Sully a toujours eu horreur de cette note-là, même jeune homme, même étudiant. Il faut que jeunesse se passe, dit-on, et l'on sait comment : il doit avoir encore toute la sienne, alors ; car certes, il ne l'a pas passée à ça. Je ne dis pas que le proverbe soit faux pourtant, et il est toujours à craindre, chez la plupart des gens, que s'ils n'ont pas été un peu fous étant jeunes, la folie ne les prenne au moment où ils cessent de l'être. Avec Sully, rien n'est à craindre : il a été sage sans effort, comme aussi sans bégueulisme. Il allait jusqu'à l'admiration pour les écarts de la passion vraie ; mais il n'avait que dédain et répulsion pour les plaisirs faciles.

Il y a dans les *Stances et Poèmes* quelques vers inspirés par un bal à l'Opéra, — le seul où il soit allé. — Ils trahissent un dégoût amer pour l'homme tel qu'on le voit là : le seul animal, dit-il, qui lève le talon à la hauteur de son cerveau. Ah ! le cerveau ! Voilà ! voilà l'organe par où Sully veut éprouver des joies ! Il y a là une petite lampe que tous tant que nous sommes, nous sommes bien aises de souffler quelquefois, pour ne pas bien voir ce que nous faisons. Lui, Sully, jamais ; cette lampe, ardente, sereine et chaste, l'éclaire toujours : c'est effrayant.

Est-ce à dire que son cœur soit resté comme le diamant, sans meurtrissure ? Hélas ! les cœurs, même de diamant, ne sont pas à l'épreuve de certains ongles roses ; et *le Vase brisé* a déjà répondu aux dames qu'intéresse ce point. Je n'y veux pas toucher. Je dirai seulement ce que les livres de Sully laissent clairement sentir : qu'il y a eu dans cette vie, si correcte et si pure, un amour, né dans l'enfance, accru avec l'âge, qu'un mariage a rompu, que la mort ensuite a idéalisé. Lisez, dans les *Vaines Tendresses*, l'admirable pièce intitulée *le Rendez-Vous,* vous comprendrez ce qu'un tel amour peut laisser de vestiges dans un tel cœur.

N'insistons pas sur ce point délicat, ne cherchons pas à savoir si dans telles stances des *Solitudes* ou des *Vaines Tendresses* ne palpite pas encore la douleur de quelqu'autre amour, moins idéal peut-être, plus dramatique et plus combattu... Je l'ai dit en commençant, le poète a souffert, mais il ne nous a pas, comme Musset, jeté sa souffrance en pâture ; il en a eu la pudeur ; il convient de la respecter.

Nous l'avons laissé, étudiant son droit ; le droit l'ennuyait. Il ne sentait pas plus poindre en lui de magistrat que de notaire. Cela peut sembler singulier chez le futur auteur de *la Justice* : au fond, c'est tout simple, et cela tient, comme nous le verrons, à l'idée si élevée et si humaine qu'il s'en est créée. Les formules toutes faites du Code ne sauraient tenter une si haute conscience, car le moyen de les appliquer exactement à un sujet aussi merveilleusement ondoyant et divers que l'homme? Il ne se rencontre pas deux cas identiques, il n'existe pas deux cœurs qui se ressemblent ; dans son impuissance à prévoir les mille et mille complexités des uns et des autres, le législateur n'a pu édicter qu'un nombre restreint de mesures telles quelles, et les appliquer comme il peut. Il n'y a point là de quoi satisfaire un esprit amoureux d'idéal. Joignez à cela les problèmes ardus de la mitoyenneté et autres matières à chicane : vous comprendrez aisément qu'une fois reçu bachelier en droit, Sully se soit considéré comme quitte et qu'il ait jeté la toge aux orties.

Au reste, les circonstances avaient changé; il se trouvait plus libre et pouvait suivre sans remords la carrière où le précédait son étoile.

Cette blanche étoile le mena vers ce temps en Italie. Il y fit un charmant voyage, en compagnie d'un camarade, poète comme lui, de la même race tendre et raffinée, Georges Lafenestre. Le voyage fut si beau, que Lafenestre en est resté quasi tout Italien. J'entends comme on l'était du temps de Léonard ou du Titien. Sully a mieux résisté : il y a plus en lui de l'ancienne Rome que de Florence ou de Venise. Et pourtant, dans les *Croquis italiens* que nous a valus cette heureuse pérégrination, il a dit, avec une admirable éloquence, leur fait aux vieux maîtres du monde. C'est dans sa *Note sur le Colisée.* Le Colisée l'a étonné, sans le subjuguer cependant. Il dit :

Ces hommes étaient forts, que m'importe après tout
Quand même ils auraient pu faire tenir debout
Un viaduc allant de Rome à Babylone,
A triple étage, orné d'une triple colonne,
Pouvant du genre humain soutenir tout le poids,
Et qu'ils l'eussent roulé sur lui-même cent fois,

Aussi facilement et sans reprendre haleine
Qu'autour de sa quenouille un enfant tord la laine
Et qu'ils eussent dressé mille dieux alentour,
Je ne saluerais pas la force sans l'amour !

Il y a, dans les *Croquis italiens*, beaucoup de vers de cette force, jetés en passant avec une liberté et une vivacité que Sully n'a peut-être pas retrouvées depuis au même point. Ce ne sont que des impressions de voyage, et comme il n'a pas voulu que ce fût autre chose, il ne les a pas poussées jusqu'à cette perfection cruelle que je lui reprocherai tout à l'heure. Mais c'est délibéré et vigoureux, comme une esquisse de maître ; parfois aussi lumineux, léger, rapide : écoutez plutôt ce rien charmant :

PARME

L'air doux n'est troublé d'aucun bruit,
Il est midi, Parme est tranquille ;
Je ne rencontre dans la ville
Qu'un abbé que son ombre suit.

Sa redingote fait soutane
Et lui tombe jusqu'aux talons,
Il porte un feutre aux bords très longs,
Culotte courte et grande canne.

Cet abbé chemine en priant,
Et seul au milieu de la rue,
Tout noir, il fait sa tache crue
Sur le ciel tendre et souriant.

Cette tache que les abbés font sur le ciel, pour le dire en passant, Sully ne paraît pas l'aimer beaucoup. Son respect pour l'œuvre du Christ ne l'a pas empêché de juger sévèrement, en plus d'un endroit, l'œuvre de ses serviteurs si peu ressemblants, et il ne me semble pas très éloigné de penser des religions ce qu'en pensait son maître Lucrèce.

C'est au retour de ce voyage, si je ne me trompe, que parut son second livre, les *Épreuves*. C'est un recueil de sonnets philosophiques. Il aime la forme du sonnet. Elle a quelque chose de rigoureux et de subtil, deux qualités qui sont précisément celles de sa pensée. Est-ce pour cela qu'entre tous ses ouvrages, c'est, dit-on, celui-là qu'il préfère ? Est-ce aussi parce qu'il y a, en quelque sorte, résumé d'avance toute sa vie en ces quatre divisions du livre : *Amour, Doute, Rêve, Action?* C'est pour toutes ces raisons sans doute ; peut-être aussi parce que c'est encore une œuvre de jeunesse, et qu'une œuvre de jeunesse, c'est un miroir où l'on se voit en beau.

Il a publié ensuite *les Solitudes* qui sont, à mes yeux, son œuvre capitale, en tant que poète ; j'énumèrerais toutes les pièces si je voulais citer les chefs-d'œuvre de pensée ou d'expression que contient ce volume, si varié, si pur, si vivant, si profond ! Mais je vais vous en lire quelques-unes :

LES VIEILLES MAISONS

Je n'aime pas les maisons neuves
Leur visage est indifférent ;
Les anciennes ont l'air de veuves
Qui se souviennent en pleurant.

Les lézardes de leur vieux plâtre
Semblent les rides d'un vieillard ;
Leurs vitres au reflet verdâtre
Ont comme un triste et bon regard !

Leurs portes sont hospitalières,
Car ces barrières ont vieilli
Leurs murailles sont familières
A force d'avoir accueilli.

Les clefs s'y rouillent aux serrures,
Car les cœurs n'ont plus de secrets,
Le temps y ternit les dorures,
Mais fait ressembler les portraits.

Des voix chères dorment en elles,
Et dans les rideaux des grands lits
Un souffle d'âmes paternelles
Remue encore les grands plis.

J'aime les âtres noirs de suie,
D'où l'on entend bruire en l'air
Les hirondelles ou la pluie
Avec le printemps ou l'hiver;

Les escaliers que le pied monte
Par des degrés larges et bas
Dont il connaît si bien le compte,
Les ayant creusés de ses pas;

Le toit dont fléchissent les pentes;
Le grenier aux ais vermoulus,
Qui fait rêver sous ses charpentes
A des forêts qui ne sont plus.

J'aime surtout, dans la grand'salle
Où la famille a son foyer,
La poutre unique transversale,
Portant le logis tout entier ;

Immobile et laborieuse,
Elle soutient comme autrefois
La race inquiète et rieuse
Qui se fie encore à son bois.

Elle ne rompt pas sous la charge,
Bien que déjà ses flancs ouverts
Sentent leur blessure plus large
Et soient tout criblés par les vers ;

Par une force qu'on ignore,
Rassemblant ses derniers morceaux,
Le chêne au grand cœur tient encore
Sous la cadence des berceaux.

Mais les enfants croissent en âge ;
Déjà la poutre plie un peu ;
Elle cèdera davantage,
Les ingrats la mettront au feu...

Et quand ils l'auront consumée,
Le souvenir de son bienfait
S'envolera dans sa fumée.
Elle aura péri tout à fait.

Dans ses restes de toutes sortes
Éparse sous mille autres noms ;
Bien morte, car les choses mortes
Ne laissent pas de rejetons.

Comme les servantes usées
S'éteignent dans l'isolement,
Les choses tombent méprisées,
Et finissent entièrement.

C'est pourquoi, lorsqu'on livre aux flammes
Les débris des vieilles maisons,
Le rêveur sent brûler des âmes
Dans les bleus éclairs des tisons.

LE MISSEL

Dans un Missel datant du roi François premier
Dont la rouille des ans a jauni le papier,
Et dont les doigts dévots ont usé l'armoirie,
Livre mignon, vêtu d'argent sur parchemin,
L'un de ces fins travaux d'ancienne orfèvrerie
Où se sentent l'audace et la peur de la main,
J'ai trouvé cette fleur flétrie.

On voit qu'elle est très vieille au vélin traversé
Par sa profonde empreinte où la sève a percé,
Il se pourrait qu'elle eût trois cents ans ; mais n'importe :
Elle n'a rien perdu qu'un peu de vermillon,
Fard qu'elle eût vu tomber même avant d'être morte,
Qui ne brille qu'un jour, et que le papillon,
En passant, d'un coup d'aile emporte.

Elle n'a pas perdu de son cœur un pistil,
Ni du frêle tissu de sa corolle un fil ;
La page ondule encore où sécha la rosée
De son dernier matin, mêlée à d'autres pleurs ;
La mort en la cueillant l'a seulement baisée,
Et, soigneuse, n'a fait qu'éteindre ses couleurs,
Mais ne l'a pas décomposée.

Une mélancolique et subtile senteur,
Pareille au souvenir qui monte avec lenteur,
L'arome du secret dans les cassettes closes,
Révèle l'âge ancien de ce mystique herbier ;
Il semble que les jours se parfument des choses,
Et qu'un passé d'amour ait l'odeur d'un sentier
Où le vent balaye des roses.

Et peut-être, dans l'air sombre et léger du soir,
Un cœur, comme une flamme, autour du vieux fermoir
S'efforce, en palpitant, de se frayer passage ;
Et chaque soir, peut-être, il attend l'angélus,
Dans l'espoir qu'une main viendra tourner la page
Et qu'il pourra savoir si rien ne reste plus
De la fleur qui fut son hommage.

Eh bien ! rassure-toi, chevalier qui partais
Pour combattre à Pavie et ne revins jamais ;
Ou page qui, tout bas, aimant comme on adore,
Fis un aveu d'amour d'un *Ave Maria*,
Cette fleur qui mourut sous des yeux que j'ignore.
Depuis les trois cents ans qu'elle repose là,
Où tu l'as mise elle est encore.

Après sont venus *les Destins*, un premier poème philosophique par lequel il préludait à *la Justice*, son œuvre essentielle en tant que penseur.

Entre ces deux poèmes, ont paru successivement les beaux *Sonnets à la France*, un écho de la guerre ; le poème sur *le Zénith*, c'est-à-dire sur le ballon où Crocé-Spinelli et Sivel s'enlevèrent au service de la science, et dont ils ne sont pas redescendus, puisque, selon la magnifique expression du poète :

Ils ont jeté leurs corps, dernier lest à la terre
Et qu'ils ont achevé l'ascension tout seuls !...

Les *Vaines Tendresses*, un recueil duquel je veux détacher deux petites pièces qui sont délicieuses :

Vous aviez l'âge où flotte encore
La double natte sur le dos,
Mais où l'enfant qu'elle décore
Sent le prix de pareils fardeaux ;

L'âge où l'œil déjà nous évite,
Quand, sous des vêtements moins courts,
Devant sa mère, droit et vite,
On va tous les matins au cours ;

Où déjà l'on pince les lèvres
Au tutoiement d'un grand garçon,
Lasse un peu de tendresses mièvres
Pour la poupée au cœur de son.

Alors mon idéal suprême
N'était pas l'inouï bonheur,
En aimant, d'être aimé moi-même,
Mais d'en mourir avec honneur,

De vous arracher votre estime
Sous les tenailles des bourreaux,
Dans un martyre magnanime,
Car les enfants sont des héros !

Si les enfants ont l'air timide,
C'est qu'ils n'osent que soupirer,
Se sentant le cœur intrépide,
Mais trop humble pour espérer.

Comme un page épris d'une reine,
Je n'avais d'autre ambition
Que de ramasser dans l'arêne
Votre gant aux pieds d'un lion !

Mais une demoiselle sage
Ne laisse pas traîner son gant.
Le vôtre, un jour, sur mon passage
Échappa de vos doigts pourtant.

Oh ! ce fut bien involontaire !
Mais j'en frémis. Comment laisser
Sous vos gens votre gant par terre,
Quand je n'avais qu'à me baisser.

C'était au parloir du collége,
Pas un lion sur mon chemin.
« Allons ! courage ! » me disais-je,
Le devoir me poussait la main.

Mais mon trouble demandait grâce
Au défi de ce gant perdu,
Et c'est le dernier de ma classe,
Madame, qui vous l'a rendu.

LE CONSCRIT

A la barrière de l'Étoile
Un saltimbanque malfaisant
Dressait, dans sa baraque en toile,
Un chien de six mois fort plaisant.

Ce caniche qui faisait rire
Le public au seuil rassemblé,
Était en conscrit de l'empire
Misérablement affublé.

Coiffé d'un bonnet de police,
Il restait là, fusil au flanc,
Debout, les jambes au supplice
Dans un piteux pantalon blanc.

Le dos sous sa guenille bleue,
Il tentait un regard vainqueur,
Mais l'anxiété de sa queue
Trahissait l'état de son cœur.

Quand, las de sa fausse posture,
Le pauvre petit chien savant
Retombait, selon la nature,
Sur ses deux pattes de devant,

Il recevait une âpre insulte
Avec un lâche coup de fouet,
Mais, digne sous son poil inculte,
Sans crier il se secouait ;

Tandis qu'il étreignait son arme
Sous les horions sans broncher,
S'il se sentait poindre une larme,
Il s'efforçait de la lécher.

Ce qu'on trouvait surtout risible,
Et ce que j'admirais beaucoup,
C'est qu'il avait l'air plus sensible
Au reproche qu'au mauvais coup.

Son maître pour sa part de lucre
Lui posait sur le bout du nez
De vacillants morceaux de sucre
Plus souvent promis que donnés.

Touché de voir dans ce novice
Tant de vrai zèle à si bas prix,
Quand, à la fin de son service
Il rompit les rangs, je le pris.

Et, comme je tenais la bête
Par les oreilles, des deux mains,
L'élevant à hauteur de tête
Pour lire en ses yeux presque humains,

L'expression m'en parut double,
J'y sentais deux soucis jumeaux,
Comme dans l'histrion que trouble
L'obsession de ses vrais maux.

Un génie excédant sa taille
Me semblait étouffer en lui,
Et du vieil habit de bataille
Forcer le dérisoire étui.

Et j'eus l'illusion fantasque
Que, par les yeux de ce roquet,
Comme à travers les trous d'un masque,
Un regard d'homme m'invoquait.

Cet étrange regard fut cause,
J'en fais aux esprits forts l'aveu,
Qu' ami de la métempsycose,
En ce moment j'y crus un peu.

Mais bientôt, raillant le prodige :
Ce bonnet, ce frac suranné,
Serait-ce, pauvre chien, lui dis-je,
Une géhenne de damné ?

Lors j'ouis une voix, pareille
A quelque soupir m'effleurant,
Qui semblait me dire à l'oreille
Oui, plains-moi, j'étais conquérant.

Enfin, a paru cette exquise *Révolte des fleurs*, qu'avant de poursuivre et d'analyser l'œuvre générale, je vous demande la permission de parcourir avec vous.

Tout d'abord je suis arrêté à la première page par ces trois petits mots qui sont une dédicace : *A Coquelin cadet.*

Vous ne vous figurez pas avec quel plaisir je les lis.

Coquelin, c'est mon nom de famille ; et *Cadet* c'est le nom de mon frère ; on l'appelle ainsi uniquement parce qu'il est venu au monde après moi.

Mais ce n'est pas cela qui me cause le plaisir dont je vous parle. Certainement il est agréable d'avoir un frère qui a de si belles connaissances, mais l'agrément est plus grand, quand je pense au métier qu'il exerce comme moi, et qui nous est quelquefois reproché.

On croit qu'on a tout dit quand on a appelé Cadet un *pître*. M. Sarcey l'a même appelé, je crois : Pître exaspéré. Ceux même qu'il fait rire à se tordre lui jetteraient volontiers cette apostrophe au nez. — Il y a la reconnaissance de l'estomac, pourquoi n'y a-t-il pas celle de la rate ? Ceux à qui on procure ce plaisir admirable, le rire, réservé aux hommes seuls, et aux dieux, si j'en crois Homère, ceux-là devraient, ce me semble, nous en savoir un peu plus de gré.

Voilà le philosophe Sully qui leur donne l'exemple. Cet esprit élevé, ce penseur, ne s'y est pas trompé : il a su apprécier mon Cadet à sa juste valeur, et comme artiste et comme homme, et il a lié avec lui une amitié précieuse, dont j'ai là des témoignages en vingt lettres plus jolies les unes que les autres, et vous pardonnerez, j'espère, au sentiment qui me porte à vous en transcrire quelques lignes.

Voici par exemple, une réponse à un compliment de bonne année : « Merci mille fois, cher ami, de votre gracieuse pensée ; les vœux sont bien impuissants ; mais il est doux de les recevoir et cette douceur même est autant de pris sur le destin. Je vous souhaite des journées heureuses et des soirées triomphantes. » Lisons maintenant ce billet où il se montre sous un de ses aspects caractéristiques : « Cher ami, depuis trois jours un parent que j'aime est dans un état désespéré. Il m'est impossible dans cette situation d'accepter aucune invitation ; la disposition de mon esprit, des devoirs, imminents peut-être, m'empêchent de prendre aucun engagement pendant cette crise. Veuillez remercier pour moi le cher docteur (il s'agit du docteur Lassègue, si connu par ses recherches sur les affections mentales). — Dites-lui quel plaisir j'aurais à le remercier de sa gracieuse lettre. Outre la sympathie que j'éprouve pour sa personne, j'éprouve un ancien et bizarre entraînement vers l'objet de ses études spéciales. » Voilà le savant, toujours inquiet, voilà l'homme de cœur. Voici le poète et l'ami : « Merci de vos lignes affectueuses, merci de vos réflexions d'artiste et de lettré. Vingt-trois de mes poésies dans votre mémoire ! Quel meilleur témoignage de votre sympathie ! Si vous apprenez la *Prière* ci-jointe, cela fera vingt-quatre. Je voudrais bien que tous mes vers n'allassent aux oreilles que par vous, je suis bien certain qu'ils arriveraient toujours aux cœurs... » Et la *Prière* qu'il lui confie à dire n'est pas moins que ce bijou :

Si vous saviez ce qu'on désire
Quand on est seul et sans foyers,
Devant ma maison sans rien dire
    Vous passeriez.

Si vous saviez ce que fait naître
En l'âme triste un pur regard,
Vous regarderiez ma fenêtre
    Comme au hasard.

Si vous saviez quel baume apporte
Une présence amie au cœur,
Vous vous assoieriez sous ma porte
  Comme une sœur.

Si vous saviez que je vous aime,
Surtout si vous saviez comment,
Vous entreriez peut-être même
  Tout simplement.

S'il a donné cela à dire à Cadet, c'est qu'il savait bien que Cadet saurait le dire aussi *tout simplement*. C'est qu'il sait que ce pître, cet outrancier de la charge, est un littérateur, que cet ahuri de Chaillot est un esprit fin et un cœur tendre.

Un cœur tendre, il le prouve, personne n'a plus d'amis que lui ; et il fait bonne part à tous. Si ce sont des amis de l'autre sexe, ah ! il ne se réserve pas, tout le cœur y passe ; aussi le jour de la rupture, il se croit fini, il n'en reviendra pas, il meurt. Il en revient heureusement, mais ses désespoirs sont sincères. Il est ainsi : il a la foi, il croit, il aime, il *gobe*.

Il est bâti pour ça. Vous savez sa physionomie, on la voit très bien d'ici, et il a peint lui-même « ce visage long, à la bouche épaisse, souriante, aux dents de vieille Anglaise très riche, au nez funèbre, qui salue rapidement beaucoup de monde, semble dire des patenôtres et s'en va comme une flèche... cassée. » C'est *Pirouette*, Pirouette est son nom académique, je veux dire son nom d'auteur; celui dont il a signé l'inénarrable *Livre des convalescents* ; car il écrit pour les convalescents, il est humanitaire, comme maître François écrivait pour les malades.

Malade ou convalescent d'ailleurs, il l'est toujours. S'il rencontre le docteur Tant mieux, il lui montre sa langue : « Ce n'est rien, cher ami, tenez-vous les pieds chauds, la tête loin du bonnet, je réponds de tout. » Voilà Cadet remonté, allègre et dispos... Si c'est le docteur Tant pis, il se fait tâter le pouls. « Diable! il faut faire attention, ce n'est rien encore, mais quelle est la maladie incurable qui ne commence pas par n'être rien ? » Cadet est perdu, plus de ressources, à moins qu'il ne rencontre un troisième médecin, le docteur Lasségue... par exemple !...

J'ai dit que c'était un esprit fin. Le fait est qu'il est mieux que personne au courant de la production poétique et qu'il en juge aussi bien que qui que ce soit. Il a une fraîcheur d'impression toujours nouvelle, des enthousiasmes rapides, exubérants, presque toujours justifiés. Cela peut surprendre ceux qui ne le jugent que par ses farces, d'où le parfum des roses, il l'avoue, est déplorablement absent. Elles sont, comme le livre de son maître, *plus mais non mieux odorantes*. Oui, ce n'est pas sur un talon rouge qu'il pirouette. Mais il y a dans sa charge un mélange original de flegme et de naïveté ; c'est semi-gaulois, semi-britannique ; c'est jocrisse et c'est malin ; cela rappelle les clowns et leurs détraquements, pleins d'inattendu ; mais cela rappelle aussi Tabarin et Gautier Garguille et leurs parades, qui étaient écoutées de Molière. — Bon, bon, va-t-on me dire, vous allez faire le panégyrique du monologue, on vous voit venir. Eh ! mon Dieu ! pourquoi pas ? Je ne prétendrai jamais que le monologue doive renouveler le théâtre. Il détrône la romance ; c'est déjà, il me semble, un assez grand service. Et puis, c'est de menue monnaie d'observation et de fantaisie qu'il n'est pas si mauvais de répandre, car si, au dire de Béranger, une chanson ne se fait pas comme un poème épique, un monologue non plus ne se fait pas si facilement qu'un roman naturaliste. On en mit un au concours une fois, — j'entends un monologue — et Cadet qui était juge... que dis-je, président du jury — en décacheta cent, consciencieusement, sans en trouver un qui méritât le prix. Il a dû vous raconter cela ; ou il vous le racontera, et mieux que moi.

Il ne faut pas non plus se tromper sur son jeu, et se figurer, parce qu'il n'a qu'à paraître, à ouvrir la bouche, et à ne pas parler, pour que deux mille de ses concitoyens et de ses concitoyennes partent de rire ; il ne faut pas croire, dis-je, que ce jeu ne soit pas quelque chose de très étudié. — Le comble de l'art, — allons bon, voilà que je fais des combles, — c'est de trouver des choses si simples, qu'on n'ait pas l'air de les avoir cherchées.

Voilà ce qui lui arrive. Et puis, son secret, c'est qu'il est communicatif. Dame ! sa physionomie lui sert. Ce papillottement de l'œil, qui a toujours l'air de voir trente-six chandelles, ce nez qui appelle le rubis, cette lippe bonnasse, narquoise aux coins, cette voix, ce débit, ces éclats, qui feraient croire qu'il reçoit du pied quelque part, s'il ne gardait une impassibilité de diplomate, — oui, c'est très drôle, mais c'est bien voulu, même le nez; c'est de l'art, enfin! Et voilà pourquoi il est à sa place au Théâtre-Français, et pas ailleurs. Il s'en est rendu compte lui-même, lors de sa fugue aux Variétés, qui ne lui a pas nui pourtant, comme étude de comparaison; le vin se bonifie en voyage. — On la lui a reprochée, cette fugue; et Sully Prudhomme, — vous voyez que j'y reviens, — a célébré son retour dans un sonnet charmant que je vais vous dire pour me faire pardonner ma parenthèse.

A mon ami Coquelin Cadet.

Ah! tu t'es repenti! comme un jeune étalon
Dans les bois échappé s'égratignant aux branches,
Se prend à regretter les marguerites blanches
Et l'herbage soyeux du maternel vallon,

Ah! tu vas donc enfin, d'un leste et fier talon,
Comme autrefois, Cadet, heurter les bonnes planches,
Le béret sur la nuque et le poing sur les hanches,
Valet d'une antichambre où t'écoute un salon.

Quitte un rire où jamais ton fard ne dissimule
Tous les pleurs généreux et de frère et d'émule,
Suis donc l'art et le sang qui t'ont revendiqué!

Quel bonheur, n'est-ce pas? de vivre et dire encore
Des vers pleins d'un bon sens qu'un beau verbe décore
Et d'être plus Français sans en être moins gai!

28 mai 1876.

..... Maintenant, je reprends *la Révolte* ou *la Grève des fleurs*, car le poème s'appelait *la Grève des fleurs* lorsque Cadet l'a dit, et c'est sur la réclamation du public féminin, partie intéressée, que Sully Prudhomme modifia ce titre, qui sentait l'industrie. Donc :

La Rose dit un jour, en pleurant : Je m'ennuie!

Et cette chose grave, l'ennui des roses, est l'occasion d'une révolution, comme ce fameux ennui de la France signalé par Lamartine à la veille de 1848. Mais pourquoi la Rose s'ennuie-t-elle? O hommes, vous le demandez! Quand vous lui dérobez l'azur sous un manteau de suie, quand vous allongez partout dans les champs vos murs et l'ombre de vos murs, et vos chemins pavés,

Qu'à flots pressés encombre,
Tumultueux et triste, un peuple de marchands!

Hélas! c'est le temps des fleurs artificielles! La Rose vivante ne couronne plus le front des fiancés ni des morts; on la cultive encore, en de maigres parterres, réduction dérisoire de ces oasis primitives, de ces corbeilles flottantes qui étaient des continents entiers; mais on ne l'honore plus, et, chez des êtres blasés, elle règne sans grandeur, comme une courtisane. Son ennui, toutes les fleurs en éprouvent un pareil; aussi, lorsque ce tribun des blés, l'intransigeant, le rouge, le coquelicot, enfin, arbore le drapeau de la révolte, il est acclamé, et, sur son conseil, tout l'atelier du mois de mai se résout à faire grève. C'est entendu, on ne fleurira plus; on ne gardera que le strict nécessaire, l'étamine et le pistil, mais plus de corolles blanches, roses ou bleues, puisque l'homme utilitaire en fait fi!

Et le serment fut tenu.

Toute la flore
Vêtit en plein soleil une pâleur d'hiver,
Le sol semblait morose et nu comme la mer.

Les premiers déconcertés ne furent pas les hommes, on fait toujours d'autres victimes que celles qu'on vise; — mais les abeilles, mais les papillons ! Puis les zéphirs, étonnés :

D'effleurer des gazons sans perles ni saphirs ;

Et toi aussi,

Aurore, dont les yeux entr'ouverts les premiers
Allumaient tendrement la blancheur des pommiers
Comme la pudeur monte à la joue innocente,
Tu cherchais du regard cette blancheur absente !

. . . .

Et toi, soleil couchant, où montait de la terre
Leur adieu parfumé, tu sombrais solitaire,
En déployant ta pourpre avec plus de langueur,
Comme si tu saignais d'une blessure au cœur !

Les hommes, eux, rirent d'abord, sauf sans doute ces négriers des fleurs, ces marchands d'esclaves, les jardiniers ; constatant que la corolle seule ne reparaissait plus, mais que la récolte subsistait, ils se rassurèrent ; puis un insensible deuil se glissa dans l'âme par les yeux attristés ; et les travailleurs surpris sentirent le travail plus pesant. Plus de ces rêveries auxquelles invitent les fleurs, soit que la jeune fille les respire à sa fenêtre, soit que le faucheur les rencontre dans les blés, soit que le pêcheur, sur la berge, les regarde se doubler dans l'eau... et la rêverie, c'est la douceur du repos; c'en est l'âme...

Au bout de trois ans, le regret, changé en besoin, faisait de tout labeur un supplice. Plus de fête : il n'y en a point sans fleurs; plus de sourire : l'ennui.

On eût, pour une fleur vivante,
Donné le plus riche grenier,
La rançon d'un roi prisonnier.
On mit tous les herbiers en vente.
On se disputait un lambeau
D'un lis jaune et mélancolique
Exhibé dans son froid tombeau,
Comme une adorable relique:
On s'arracha même un bouquet,
Chef-d'œuvre oublié d'un fleuriste;
Mais ce simulacre était triste,
Une âme inconnue y manquait.
On chercha sur la terre entière,
Avec l'espoir de tromper mieux
Le regret du cœur et des yeux.
Pour l'art le plus ingénieux,
La plus délicate matière.
Les tisserands surent créer
Des guirlandes avec adresse;
Mais si bien que la main les tresse,
L'art peut-il jamais suppléer
Ce qu'avril y met de tendresse?

Les joailliers à leurs étaux
Taillaient dans les rares métaux
Et dans les pierres précieuses
Quelques couronnes spécieuses,
Mais ni légères, ni soyeuses
Et sentant l'acier des marteaux :
On y pendait de fausses larmes,
Un insecte bien imité;
Mais ces fleurs n'avaient point de charmes,
N'ayant pas de fragilité.

Et deux années encore passèrent; mais alors on put prévoir vraiment la fin du monde.

La démence fut telle, à la cinquième année,
Que la foule vaguait, stupide et forcenée,
Les uns à deux genoux, subitement dévots,
Imploraient du soleil les anciens renouveaux;
Les autres blasphémaient, péroraient sur les places,
Et soufflaient sans motif l'émeute aux populaces.

Le fait est que, si les violettes venaient à manquer, ce ne sont pas les bonapartistes seuls qui s'insurgeraient.

Des fleurs! des fleurs! criait la foule aveuglément.
Puis cette fièvre éteinte, un vaste accablement
Fit taire la révolte et l'espérance même,
Et sur l'humanité le spleen muet et blême
Comme un linceul immense étendit son brouillard.

C'en était fait, le monde retournait à l'âge glaciaire... mais heureusement, comme, au temps du déluge, il se trouva parmi les hommes un juste, alors, parmi les célibataires punis, il se trouva un poète... Il est vrai qu'il était vieux. Mais qu'est-ce que je dis? les poètes deviennent des vieillards, ils ne sont jamais des vieux. Celui-là, le dernier, rêvant encore, pleurait :

Nuls bruits d'usines et de rues
N'étouffaient l'hymne intérieur
Qui le jour emplissait son cœur;
A l'heure où le monde se tait,
Son cœur seul ne pouvant se taire,
Dernier poète sur la terre,
Il chantait.

Et l'hymne de son cœur, l'amour, la pitié débordante, jaillit vers la Rose, et il se mit à supplier cette reine offensée. Reviens, lui cria-t-il, reviens inspirer l'art, parer les femmes, susciter l'harmonie.

Reviens aussi régner dans les humbles demeures,
Apporter chez le pauvre un sourire d'espoir,
D'un peu de ta rosée attendrir son pain noir,
Embaumer son travail et colorer ses heures!

Comme au temps des aïeux, reviens enguirlander
Les harnais de la vie et ses jougs nécessaires,
Et fêter comme alors les saints anniversaires,
Tous les chers souvenirs consolants à garder!...

A cette voix, implorante et flatteuse, la Rose sent fléchir sa rancune... O merveille! une larme a coulé sur sa tige!

Cette larme, c'est le salut du monde. Elle féconde aussitôt le calice rebelle, et, superbe, radieuse, épanouie d'un seul jet,

Comme si la captive, en forçant sa prison,
Réclamait dix printemps à la même saison,

la corolle jaillit, lumineuse, et un cri vole par le monde, soulevant tous les cœurs délivrés : La Rose a refleuri!

A l'instant, toutes ses compagnes,
Fleurs des plaines, fleurs des montagnes,
Fleurs des étangs et fleurs des bois,
S'épanouissent à la fois!

Et le poète les énumère : dénombrement homérique. Écoutez, comme ils sont charmants, colorés, embaumés, les noms de nos fleurs françaises, les anciennes, les vraies, celles qu'on ne défend pas aux enfants de cueillir, parce que le terroir en donne toujours... depuis que la révolte est finie :

Les sainfoins, les coquelicots,
Les bleuets et les renoncules,
Les clochettes des campanules,
Les reines des prés, les pavots
Aux couleurs vives et joyeuses!
Et, plus graves, les scabieuses
Faites d'un ténébreux velours;
Les boutons d'or, les pâquerettes,
Les marguerites, fleurs d'amours,
Et celles qu'on nomme amourettes,
Frêles et frémissant toujours;
Voilà les menthes, les verveines,
Et les lavandes et les thyms,
Dont les salutaires haleines
Embaument l'air frais des matins;
Et vous, qui décorez la haie,
Qui rajeunissez le vieux mur,
Étoiles de neige ou d'azur
Dont le sentier perdu s'égaie :
Clématites et liserons,
Joubarbes et pariétaires,
Encor, encor nous vous suivrons
Dans les ruines solitaires!
Et vous, dans les forêts encor,
Anémones, douces pervenches,
Perce-neige, roses ou blanches,
Blancs troënes et genêts d'or!

Salut aussi, fleurs coutumières
Des coteaux et des sablonnières,
Lieux aimés des songeurs errants,
Cistes, serpolets odorants,
Verts résédas, roses bruyères !
Salut, amantes des lieux frais,
Simples et tendres véroniques,
Beaux narcisses mélancoliques,
Myosotis aux longs secrets !
Salut, nénuphar dont l'œil rêve
Sous le dais tremblant des roseaux,
Nymphéas pâles, où la sève
Semble dormir à fleur des eaux !
Vous, enfin, dont les rares types
Sont l'œuvre et l'honneur des jardins :
Œillets suaves aux tons fins ;
Et vous, flamboyantes tulipes,
Lis impeccables, dahlias
Orgueilleux, purs camélias,
Flammes rouges des plantes grasses,
Salut, princesses de l'été !
Ah ! pour rendre à l'humanité,
Aux cœurs souffrants, aux têtes lasses,
Peuple des fleurs tant regretté,
Toutes tes fraîcheurs et tes grâces,
Te voilà donc ressuscité !

Quelle explosion de joie ! comme au devant de la flore qui perce, la foule à travers champs s'élance ! Autant de faons échappés, de jeunes chevaux ivres de la verdeur des prés !

Jeunes et vieux, le cœur débordant, l'œil ravi,
Sur les tendres massifs, se ruant à l'envi,
S'ébattent dans les fleurs, se terrassent l'un l'autre.
On y plonge et replonge, on s'y roule, on s'y vautre,
On dirait qu'un matin Cybèle à son réveil
Fait danser ses enfants dans sa robe, au soleil !

Et c'est la renaissances de toutes ces belles, sereines et tendres choses sans lesquelles l'homme, pour son honneur, ne peut pas vivre :

Que de rires éveille et de soupirs étouffe
La molle profondeur de chaque large touffe !
Que de bruyants baisers et de joyeux appels !
Que d'étreintes d'amour et d'élans fraternels !
Et voici que dans l'air spontanément unies,
Les voix ont réveillé l'essaim des harmonies ;
Sous des milliers de mains pillant partout les fleurs.
Revit dans les bouquets, le concert des couleurs ;
Dans mille arcs triomphaux à festons de verdure
Renaît, en souriant, l'auguste architecture ;
Tous les arts créateurs de grâce et de beauté
Avec une hardie et simple nouveauté
Pour les sens et le cœur ressuscitent ensemble !
O fleurs, puisse longtemps votre annuel retour,
Par qui le soir du monde à son aube ressemble,
Rajeunir l'idéal et raviver l'amour !

Tel est ce poème où, en démontrant la nécessité des fleurs, le poète a du même coup pris la défense et gagné la cause de beaucoup d'autres choses réputées inutiles aussi, l'amour, les femmes, la poésie enfin.

Il est excellent que ce soit Sully Prudhomme qui ait accompli cette œuvre pie ; car on ne peut dire qu'en défendant la poésie, il plaide exclusivement *pro domo suà* : il n'est pas seulement orfèvre, comme M. Josse ; il est aussi mathématicien comme Barrême et philosophe — plus que Pascal, — puisqu'il n'en est pas devenu fou.

Il a été bachelier ès sciences avant d'être bachelier ès lettres, et c'est avec passion qu'il se fût préparé pour l'école Polytechnique, si les circonstances l'eussent permis ; mais s'il n'a pu devenir ingénieur ou officier du génie, du moins a-t-il gardé pour les sciences, exactes ou expérimentales, un goût qui est un culte, un véritable culte, car il est pratiquant : — il a sur la conscience un livre qu'il n'a pas encore osé publier, peut-être parce qu'il n'a pas le courage de s'en séparer, et ce livre est un traité sur la philosophie appliquée aux mathématiques, ou sur les mathématiques appliquées à la philosophie, une fusion, comme vous voyez, et les gens qui s'y connaissent assurent qu'il l'a faite.

La découverte d'une loi scientifique lui paraît le plus beau titre de gloire qu'on puisse ambitionner. Il se tient au courant de toutes celles que les savants nous révèlent et il n'est abonné qu'à un seul journal : la *Revue scientifique*. Enfin, son passe-temps favori et mystérieux est de démontrer des axiômes réputés indémontrables : exercice qui ne va pas sans fatigue, mais auquel rien au monde ne l'empêcherait de se livrer avec une joie enragée.

En somme, il a consacré sa vie à l'étude, non moins qu'à la poésie. Le travail, voilà ce qu'il aime par-dessus tout ; et s'il n'écoutait que son égoïsme, il n'en distrairait une heure au profit de personne ; mais il a, je l'ai montré, un cœur excellent et s'impose, non seulement pour ses amis, mais pour des étrangers, de véritables sacrifices.

Il vit seul, dans son logis voisin de l'Elysée, avec une brave femme de gouvernante qui a pour lui un amour de nourrice, et à laquelle il rend largement son affection : « Je vous envoie le nom de ma servante, écrit-il encore à mon Cadet, afin qu'en mon absence vous puissiez lui procurer à la Comédie-Française la soirée que vous lui avez promise. Voir sur la scène un homme qu'on a vu à table, au naturel, lui apparaît comme le comble de la félicité. Vous savez que le rire des servantes, depuis Molière, est sacré, et vous êtes sage en ne le dédaignant pas. » La simplicité d'habitudes de Sully s'accommode à merveille de la simplicité de cœur de la bonne femme. Il n'est point marié, ni même père, — et toutefois son cœur n'ayant pu ni voulu se soustraire à cette passion, la plus sublime de toutes, qu'on appelle l'amour paternel, il l'a portée sur un neveu, le fils de sa sœur, pour lequel il a fait ces charmants vers des *Solitudes* qui débutent ainsi :

J'ai mal placé mon cœur, j'aime l'enfant d'un autre.

Il a une certaine fortune, ce dont il semble parfois gêné, car il a coutume de dire : « Je suis humilié de penser que j'aurais été embarrassé de gagner ma vie. » Ce qui du reste est d'une modestie outrecuidante, attendu que s'il en eut été réduit là, un cours n'importe où, et des articles dans les revues sérieuses l'eussent bien vite tiré d'affaire. Mais il eût perdu à cela sa chère indépendance, dont il est jaloux jusqu'à la férocité, en quoi il a grandement raison; mieux vaut donc cent fois qu'il soit à son aise; et puisse-t-il même devenir riche, car il use généreusement de ce qu'il a!

Il y a trois ans, l'Académie qui l'a guigné de bonne heure, car de tels esprits sont un lustre pour ce corps respectable, l'Académie donc, lui décerna le prix Vitet; il se donne au littérateur dont les travaux et la vie sont également réputés exemplaires, et ne fut jamais accordé à meilleur droit.

C'était une aubaine de cinq mille francs environ. Sully ne voulait pas en profiter : mais de refuser il n'y avait pas de raison; il résolut d'en consacrer une partie à un voyage en Hollande, avec un ami qui avait la plus grande envie de connaître la contrée, et à qui sa situation de fortune interdisait ce plaisir. Sur le point du départ, Sully tomba malade; voilà le voyage, non pas ajourné, mais défendu par ordonnance; Sully s'y résigna, mais il confia la somme à son ami pour que celui-ci fît seul la tournée : et il sut s'y prendre de façon que l'autre acceptât, ce qui n'était pas sans doute le moins difficile.

Il est naturellement très recherché, et c'est pour lui une perplexité constante que de concilier le désir qu'il a d'écouter, de conseiller, de rendre service, avec son irrésistible penchant pour la solitude et le travail. De là sans doute l'avis au lecteur qui figure en tête de ses *Vaines Tendresses*, sous le titre : *A mes Amis inconnus* ; une pièce fort élevée et fort délicate, qui peut se résumer ainsi : « Mes amis, mes frères, restons chacun chez nous, croyez m'en, lisez-moi, je ferai pour vous de beaux vers, mais aimons-nous de loin, la vie est si courte ! »

De là aussi, dans les conversations qu'il faut bien avoir, malgré tout, avec les amis et même les indifférents (hélas !), les distractions parfois les plus ébouriffantes, car une fois les premières banalités échangées, sa pensée reprend la piste, et le voilà qui enroule une stance ou qui résout une équation, cependant que vous lui contez vos petites affaires, auxquelles, du reste, en parfait homme du monde, il a l'air de s'intéresser vivement, à l'heure même où il ne s'occupe que du carré de l'hypoténuse. Il serait capable de vous dire comme M. de Brancas, si vous lui contiez la mort de votre femme : « Et vous n'aviez que celle-là ? » sauf à s'excuser très sincèrement de sa distraction, pour y retomber d'ailleurs tout aussitôt.

Que voulez-vous ? c'est un penseur, et c'est le propre de la pensée de s'abstraire de la vie réelle pour nous faire une vie de notre rêve. Il ne sait pas toujours si ce qu'il mange est une côtelette ou une sardine, il confie à son estomac le soin de faire la distinction. Je ne dirai pas qu'il souffre sans le savoir ; mais il veut savoir pourquoi il souffre, et dans les crises les plus poignantes, il se domine pour s'observer. En cela il ressemble à Goëthe, qui avait pour sa propre pensée un véritable culte ; mais le soin qu'il mettait à écarter d'elle toute préoccupation troublante a pu être taxé d'égoïsme ; idée qui ne viendra à personne parmi ceux qui connaissent Sully.

Il sacrifie le moins possible à ces devoirs du monde, si vides et si voraces. Il y a même ceci de particulier, c'est qu'il s'ennuie, lui poète, dans la société des littérateurs. Les chimistes font mieux son affaire. Hé ! c'est que les littérateurs ne lui parlent que de choses qu'il connaît aussi bien, ou mieux, que le plus fort d'entre eux ; tandis qu'un chimiste lui en apprendra de nouvelles. Et tout est là : vous voulez lui plaire ? Instruisez-le.

Aussi lit-il fort peu ; il est particulièrement mal au courant des œuvres d'imagination et ne met presque jamais les pieds au théâtre. Il en donne diverses raisons, dont une assez curieuse, c'est l'entr'acte. L'entr'acte, dit-il, le fait souffrir horriblement ; cette suspension d'intérêt, cette brusque chute dans la réalité lui semble odieuse. Et puis le public le gêne et l'attriste : toutes ces têtes entassées, dont il se dégage si peu de chose, le rendent mélancolique. Du reste, il a subi la même impression à l'Assemblée nationale, à contempler nos législateurs.

Au fond la raison pour laquelle il ne va pas au théâtre, c'est celle aussi pour laquelle il n'en fait pas, c'est une espèce d'impossibilité qu'il éprouve à sortir de soi pour revêtir une autre personnalité : le poète dramatique devient successivement et simultanément tous les personnages qu'il met en scène ; et il se produit chez le spectateur, à un moindre degré, un phénomène analogue. C'est ce phénomène auquel répugne Sully. Cet incomparable analyste croit ne pouvoir analyser exactement que soi-même. Il ne peut opérer que sur sa propre pensée, sur sa douleur propre, sur sa propre palpitation. Dans l'observation d'autrui, il entre déjà mille éléments de doute et d'obscurité que supporte mal cet esprit si altéré d'exactitude. Qu'est-ce donc quand il ne s'agit plus d'observer, mais de faire vivre ! En un mot, il est trop l'homme de la réflexion pour être jamais celui du théâtre, qui vit avant tout d'action.

Eh bien ! j'avoue que cela me désole ; j'ai été longtemps avant de me rendre. Je trouvais qu'en raison même de cette action qu'il exige, de ce corollaire indispensable de l'action, la clarté, je trouvais, dis-je, je ne m'en dédis pas, que le théâtre serait utile à Sully Prudhomme.

Sa sainte femme de mère — *Sancta simplicitas* — disait : « Ce que je voudrais qu'il fît, c'est une jolie pièce pour le Français. » Elle ne comprenait pas beaucoup la poésie ailleurs. Moi, j'ai d'autres raisons, et je dis la même chose. Je crains qu'à force de vivre en soi, et en soi seulement, Sully, qui se comprend toujours admirablement, finisse par ne plus être compris qu'assez difficilement des autres. Il n'a pas assez de souci des intelligences inférieures.

La lumière qu'il a en lui, lui suffit ; mais cette lumière n'est pas celle de tout le monde. Il faut avoir pitié des humbles d'esprit, et, pour les instruire, leur tendre la main. Cela s'apprend au théâtre, l'endroit où le poète et le public communiquent le mieux, où cette communication se fait par un sixième sens, un sens électrique, sur lequel Sully aurait pu faire de belles études, et qui, en tout cas, eût fait jaillir de son esprit des étincellements nouveaux.

Je l'ai donc beaucoup prié pour obtenir de lui un acte, un pauvre petit acte ; Coppée a commencé par moins que cela. « Voyons, disais-je à Sully, ne soyez qu'un *passant* au théâtre, si vous voulez, mais soyez-le ! » Je rêvais de lui un rôle exquis, marivaudé et profond à la fois, du sentiment et de la force, et mille broderies d'or cousues de sa fine aiguille. Hélas ! je chantai là une guitare inutile. Et, pour redoubler mes regrets, en me montrant quel appréciateur il est dans le genre où je souhaitais le faire écrire, il fit dire, en ce temps-là, par Mme Plessis, pour ses adieux au public, des vers, que dis-je des vers? un monologue, quelque chose de touchant et de charmant qui ravit le public... Qui sait? si j'étais femme, j'obtiendrais peut-être de lui un dialogue!

Ne pouvant tirer de lui cette faveur, je me suis rabattu sur un récit. C'est le drame réduit à sa plus simple expression. Je n'ai obtenu qu'une lettre, il est vrai charmante, et qui corrobore trop certaines de mes idées pour que je ne vous en lise pas quelque chose.

« J'ai lu, me dit-il, votre préface aux *Contes d'à présent*. Je suis ravi d'apprendre que vous avez adopté les vers de Paul Delair, un tempérament tout dramatique servi par des qualités littéraires éminentes. J'approuve d'ailleurs absolument vos conclusions. Vous avez mis en lumière les raisons qui devaient faire préférer, en général, pour la récitation en public, le récit aux autres genres de poésie. Si vous médisiez du grand public, vous seriez trop ingrat; aussi je ne vous demande pas de m'accorder que les qualités de forme lui échappent souvent. Vous pourriez me répondre que ces qualités sont poussées jusqu'au maniérisme par beaucoup d'entre nous, et qu'il est bon que l'excessive délicatesse du goût trouve son correctif et sa limite dans le jugement du plus grand nombre, seul dépositaire du véritable génie de la langue... » Comme cela est juste et bien dit ! Mais poursuivons. « Il est évident que le récit, pourvu qu'il soit bien composé et bien conduit, ne perdra jamais sur vos lèvres l'attention du public. L'action domine la parole, elle marche, et un vers mal compris ne suffit pas à l'entraver, ni un passage un peu trop subtil ou trop profond pour être tout de suite saisi. Il en est tout autrement, lorsque vous récitez une pièce d'analyse de sentiment qui n'a rien d'entraînant, où l'action est nulle, et qui, étant abstraite faute de faits, exige de l'auditoire une attention intérieure, réfléchie, un effort, par conséquent. Alors, si l'auteur n'est pas parfaitement clair, s'il laisse un seul moment le fil de ses idées s'embrouiller, vous sentez votre public désorienté, refroidi; l'intérêt se perd, vous êtes abandonné. Hélas! je reconnais tout cela, et je déplore de n'être pas doué pour des ouvrages plus vivants, plus appropriés à la récitation; mes poésies sont de celles où vous voyez si justement des manières de confidences et qui veulent le tête-à-tête. »

Tout cela est excellent; mais il n'y a rien d'absolu en ce monde, et j'ai tâché déjà de le faire mentir, — et moi-même aussi, par conséquent, puisque nous sommes du même avis, — en vous disant de lui des choses qui ne sont pas des récits et qui ne vous en ont pas moins intéressés, je pense. Je vais essayer maintenant de montrer qu'il pourrait, avec un peu d'effort, écrire des récits tout comme Manuel ou Coppée, ou Delair. J'en trouve un dans les *Solitudes* auquel il manque peu de chose pour être un chef-d'œuvre du genre.

DAMNATION

Le dimanche, au Salon, pêle-mêle se rue
Des bourgeois ébahis la bizarre cohue
Qui s'en vient, chaque année, à la foire des arts,
Vainement amuser ses aveugles regards.
Ainsi devant le Beau, dont il ne s'émeut guère,
L'obscur faiseur de gloire appelé le vulgaire
Va, la bouche béante et l'œil vide, pareil
A des flots de moutons bêlant vers le soleil.

Là, cependant, un homme au front lourd de pensée,
Maigre, sous un manteau dont la trame est usée,

Dans un coin du jardin, debout, songe à l'écart.
Les bras croisés, il fixe un douloureux regard
Sur les marbres dressés le long des plates-bandes.
Le malheureux! il sent ses blessures plus grandes,
Et plus épaisse l'ombre où ses maux l'ont fait choir;
Car lui-même autrefois, maniant l'ébauchoir,
Il eut les rêves blancs et bleus du statuaire.
Mais bientôt l'indigence a mis un froid suaire
Sur son ardent espoir et son haut idéal;
Et d'autres ont grandi dont il était rival.

Les eût-il égalés? Peut-être. Mais qu'importe!
O maîtres que la gloire incite et réconforte,
Nés avec un front riche et des doigts inspirés,
Ayez pitié de ceux qui vous ont admirés,
Hélas! et tant aimés qu'ils ne pouvaient plus vivre
Sans risquer l'aventure atroce de vous suivre.
Maîtres, c'est en comptant leurs blessés et leurs morts
Que le vulgaire apprend combien vous êtes forts.
Cependant qu'aux pays sereins de l'harmonie
Vous voguez largement sous le vent du génie,
Ils tombent, les yeux pleins du ciel où vous planez
Sur le pavé brutal des artistes damnés.

Celui-là comme vous a connu le délice
D'arrondir savamment une poitrine lisse
Sous la caresse lente et chaste de ses mains,
De suivre avec respect des profils surhumains
Pressentis dans le masque indécis de l'ébauche,
Et nul n'a plus que lui, modelant le sein gauche,
Frémi d'aise et d'orgueil en y sentant un cœur.
Mais à ce jeu des dieux il ne fut pas vainqueur;

Il n'avait rien : le pauvre a dû tuer l'artiste.
Après l'heure d'ivresse il vient une heure triste,
Celle où la jeune épouse au fond de l'atelier,
Soucieuse du pain que l'art fait oublier,
Regarde tour à tour ses enfants qui pâlissent
Et le bloc que les mains de leur père embellissent,
Et, maudissant la glaise en sa stérilité,
Songe au fumier fécond du champ qu'elle a quitté.
Ah! d'un travail sans fruit la cuisante amertume,
Le sarcasme ignorant des critiques de plume,
L'envie ou le dédain des rivaux de métier,
Ces maux trempent le cœur et le laissent entier!
Mais lire dans les yeux de la femme qu'on aime
Un reproche muet où l'on sent un blasphème,
Apprendre qu'on est fou, traître, et s'apercevoir
Qu'en s'élevant on laisse à ses pieds son devoir!

Il a fui l'atelier. Le pauvre homme héroïque
Compte l'argent d'un autre au fond d'une boutique.
Son poing de créateur, fait pour le marbre altier,
Trace des chiffres vils sur un obscur papier.
Encore s'il pouvait, à force de descendre,
S'abrutir, consumer son cœur jusqu'à la cendre,
Et, bien mort, s'allonger dans sa tombe d'oubli!
Mais le feu qu'il étouffe est mal enseveli.
Une pierre le suit qui veut être statue :
S'il ne l'anime pas, c'est elle qui le tue.
Sollicitant ses doigts par de lointains appels,
Elle passe et prend forme en des songes cruels,
Et la forme palpite et, vaguement parfaite,
Murmure : « Tu m'as vue et tu ne m'as pas faite! »

A son heure elle vient comme un remords fatal,
Et tout, jusqu'au comptoir, lui sert de piédestal.
C'est elle ! sa Vénus dans le chagrin rêvée,
Qui, tous les ans, ici, belle, noble, achevée,
L'entraîne, et prenant place entre toutes ses sœurs,
Dompte enfin l'œil jaloux et dur des connaisseurs.
Elle triomphe ! et lui, l'univers le renomme,
Il monte, il sent déjà, presqu'un dieu, plus qu'un homme
Le frisson glorieux des lauriers sur son front !

Mais l'extase est fragile et le réveil est prompt.
Quelle chute profonde alors ! Comme il mesure
Tout à coup, d'une vue impitoyable et sûre,
Les degrés infinis de la gloire au néant ;
Comme il se voit petit pour s'être vu géant !
Il pleure. Mais l'épouse, attentive et sévère,
Le voyant défaillir et songeant qu'elle est mère,
Vient, lui parle, le prend par la main, par l'habit,
Le tire en le grondant : « Je te l'avais bien dit :
Te voilà pour un mois pâle et mélancolique ! »
Puis, par mainte raison banale et sans réplique
Irritant l'aiguillon de son tourment divin,
L'arrache à l'idéal comme l'ivrogne au vin.

C'est là, n'est-ce pas, un chef-d'œuvre de pensée, d'observation et de sentiment ? Ce serait un chef-d'œuvre de récit, avec un peu plus de composition, je veux dire avec une action que, distribuée comme un drame en exposition, mœurs et dénouement, eût ménagé l'intérêt en l'accroissant de plus en plus poignant jusqu'à la fin. Peut-être, en individualisant davantage le héros, eût-on diminué la leçon; mais je crois qu'on eût doublé l'effet. Le *Sculpteur* de Sully est plus qu'une abstraction, mais il n'est pas encore tout à fait un personnage; et le public veut qu'on lui présente des êtres bien définis, des hommes de chair, et, autant que possible, tout d'une pièce.

Je voudrais maintenant analyser son œuvre générale en tant que poète, et chercher quels en sont les caractères essentiels.

Si j'avais à le définir d'un mot, j'emploierais volontiers l'image dont se servait l'autre jour pour le peindre le poète des *Contes d'à présent*. Un matin, nous devisions en nous promenant dans le bois de Boulogne. Delair me parlait de ses projets, il me racontait le plan de plus d'un beau drame que j'espère bien jouer un jour, et je lui disais mon désir de faire une étude sur l'œuvre de Sully Prudhomme. Tout à coup il s'arrêta, en sortant d'un bouquet de bois. — « Voulez-vous voir Sully, me dit-il; le voici! Et il me montrait un bouleau. Cette tige élancée et gracieuse, glacée d'argent, ce fin et délicat feuillage, toujours frémissant, et, sous ces apparences quasi féminines, cette vigueur de sève grâce à laquelle l'arbre résiste aux plus dures épreuves, car il monte plus haut vers le Nord que le chêne et le sapin, — c'est bien là, en effet, Sully Prudhomme, sa sensibilité raffinée et toujours en éveil, son éclat doux et pur, sa candeur et son stoïcisme. » J'ai trouvé la comparaison si juste, que je n'aurais pu en trouver une qui rendît si bien ma pensée... Les poètes sont heureux, ils ont seuls de ces belles trouvailles!

J'ai répété bien des fois le mot *délicat*. C'est qu'il est celui qui harcèle le plus la pensée quand on le lit. Il a vraiment poussé la délicatesse jusqu'à la sublimité. J'entends par là que les recherches de sa sensibilité ou de son goût ont, je ne sais quel tour élevé, j'allais dire spiritualiste. Ce ne sont pas les raffinements douloureux de la chair, mais les tourments divins de l'âme, altérée de pureté, de fierté, de souffrance, puisque c'est dans la souffrance que s'exalte et s'épure la dignité.

Il dédaigne les joies banales; de même il condamne, dans Musset, l'explosion sans retenue et sans voile des amours trahies. Du lit, même déserté, on ne doit pas tirer les rideaux en public.

Lui aussi a connu

... Le trop cher baiser de la femme ennemie;

mais écoutez-le, après l'abandon, lorsqu'il pense à l'homme préféré :

Si je pouvais aller lui dire :
Elle est à vous et ne m'inspire
Plus rien, pas même d'amitié;
Je n'en ai plus pour cette ingrate ;
Mais elle est pâle, délicate,
Ayez soin d'elle, par pitié !

Écoutez-moi sans jalousie,
Car l'aile de sa fantaisie
N'a fait, hélas ! que m'effleurer.
Je sais comment sa main repousse ;
Mais, pour ceux qu'elle aime, elle est douce,
Ne la faites jamais pleurer.

Et ce dont il souffre le plus dans la trahison, c'est de ne pouvoir rien pour l'infidèle.

S'il garde après l'amour cette faculté de pardon, si la passion, en s'éteignant, n'éteint pas en lui la charité, c'est qu'il a senti, plus profondément que tout autre, l'impuissance des caresses à mêler les âmes, et par conséquent à les faire se connaître. Ce qu'il se rappelle le plus chèrement dans l'amour, c'est le temps où l'amour n'était pas satisfait, alors qu'il disait à la bien-aimée : Ne nous plaignons pas ! Bonheur cueilli, fleur flétrie ! Regarde autour de nous ceux qui sont l'un à l'autre :

Ils se disent heureux, mais dans leurs nuits sans fièvres
Leurs yeux n'échangent plus les éclairs d'autrefois ;
Déjà, sans tressaillir, ils se baisent les lèvres,
Et nous, nous frémissons rien qu'en mêlant nos doigts.

Ils se disent heureux, et plus jamais n'éprouvent
Cette vive brûlure et cette oppression
Dont nos cœurs sont saisis quand nos yeux se retrouvent.
Nous nous sommes toujours une apparition !

Ils se disent heureux, parce qu'ils peuvent vivre
De la même fortune et sous le même toit ;

Mais ils ne sentent plus un cher secret les suivre,
Ils se disent heureux, et le monde les voit !

Ainsi la possession, ou ce qu'on nomme ainsi, n'est que trouble, ivresse et vanité; il voudrait aimer comme on aime une étoile,

Avec le sentiment qu'elle est à l'infini,

et, dans des stances charmantes, il appelle la vieillesse, afin de pouvoir aimer, aimer à cœur-joie, d'un amour sans lâchetés, d'un amour *affranchi du baiser!*

Vous ne trouverez donc pas chez lui le charlatanisme des larmes, ni ces attendrissements hystériques, aujourd'hui à la mode. Le deuil chez lui n'est qu'une noblesse de plus.

Ce n'en est pas moins un cœur très ouvert à la nature. S'il en était autrement, il ne serait pas un poète. Mais, au contraire, personne n'a davantage le sens du grand tout. Il y a, dans *Stances et Poèmes*, telle pièce, le *Soleil*, par exemple, où se déploie une force de description digne de Leconte de l'Isle. Et, dans la *Pointe du Raz*, comme il sait faire parler les rochers, les pierres damnées, jalouses des hommes et des roses, et lasses de les protéger contre la rancune du vieil Océan!

Qui ne se rappelle le *Cygne* des *Solitudes*,

Que sa grande aile entraîne ainsi qu'un lent navire,

et qui dort *entre deux firmaments*?

Et la *grande allée*, un paysage comparable, par sa couleur intense et sombre et sa puissante mélancolie, au chef-d'œuvre de Théodore Rousseau?

Il a pour peindre des bonheurs d'expression extraordinaires. Tantôt c'est la forêt

Balancée en un demi sommeil,
Écoutant chez les morts travailler ses racines.

Tantôt la montagne, qui est un désert, mais un *désert debout*; tantôt la mer pareille à *une géante enceinte*,

Qui des grandes douleurs atteinte
Ne pourrait pas donner son fruit!

Nous marcherons dans la nuit et nous n'en

sentirons que la solitude et le silence, lui d'un seul mot rendant le fourmillement des étoiles, il l'appellera la *Nuit populeuse.* Deux fois, comme poète et comme savant, il a soulevé *les langes chauds de la vive nature.* Il sait combien l'homme en est peu distinct encore, et quand il fait cheminer dans le faubourg *six percherons égaux, blancs et nourris d'avoine*, traînant un chêne tout entier dont pendent les branches, il montrera dans le peuple ému qui suit ce centenaire déraciné, l'ancien habitant des bois qui se réveille

. . . .

Et redevient sauvage à l'odeur des forêts.

Et il fera sentir la vieille intimité de l'homme et du *chêne au grand cœur*.

Au reste, même quand son expression n'a pas cette vivacité de couleur, elle garde une justesse, une propriété rares ; son dessin est si net, si précis qu'il va jusqu'à donner corps aux choses les plus insaisissables, aux *parfums* par exemple. Lisez dans les *Vaines Tendresses,* la pièce qui porte ce titre, où il analyse la senteur suave et modeste du front de la mère, telle qu'un parfum d'autel ; la petite senteur fine des tresses d'une sœur ; et celle, candide et fraîche, du premier amour : toutes exhalées avec l'âme des violettes et des lis, avec la jeunesse des lilas anciens; tandis que la pénétrante odeur des cheveux, trop noirs et trop lourds, de l'amante impure, laisse de brûlants vestiges, dépose un marc fatal dans les replis du cœur,

> Comme l'âpre odeur des épices
> S'incruste aux coins d'un vieux cristal,

et *sévit* encore, même après que quelque chaste épouse a baigné de sa tendresse purifiante ce cœur envenimé.

Cette propriété d'expression dont je le loue le rendait éminemment propre à la poésie philosophique, qui traite d'abstractions plus difficiles encore à fixer que les parfums ou les fumées. Mais Sully ne se trouve jamais assez parfait. Il n'est pas de poète moins indulgent pour ses vers. Ce n'est qu'après un travail assidu, méticuleux, sans miséricorde, qu'il consent à nous les livrer. Soin excessif, car du premier coup, dans *Stances et Poèmes*, il avait atteint la perfection de la forme, et il ne serait pas difficile de montrer que ce livre contenait en germe tous les autres. Mais on dirait que le plaisir qu'il trouve à s'attaquer en mathématiques aux propositions indémontrables, il le cherche aussi en poésie en accumulant les difficultés. Il est scrupuleux pour ses rimes à faire pâlir Théodore de Banville lui-même. Vous jugez avec quelle joie il se livre aux *rigoureuses* lois du sonnet. Il le veut impeccable ; et il a trouvé moyen, dans *la Justice*, d'ajouter encore aux difficultés de son sujet, en le divisant en parties exactes, comportant chacune le même nombre de vers. C'est d'abord un *sonnet*, dans lequel il énonce et démontre une proposition scientifique ; et là, c'est, comme il dit, le *chercheur*, le philosophe, le mathématicien qui parle. Vient ensuite la réponse, ou plutôt la protestation poétique, du sentiment, du cœur, le sublime ignorant, qui oppose aux terribles vérités de la science ses inspirations non moins sacrées. Cette réponse comprend invariablement trois petites stances de quatre vers, et la moitié de la quatrième, brusquement close, en ses deux derniers vers, par une réplique concise et péremptoire du chercheur.

J'avoue que, pour mon compte, je trouve quelque chose d'excessif à traiter ainsi la poésie comme une science exacte. Nous serons bien avancés quand nous lui aurons donné, à elle, qui est chose ailée et fuyante, l'allure positive et pointue de la science. Si pour suivre la pensée du poète, il nous faut déployer la même somme d'attention que pour suivre une théorie de Kant, que gagnons-nous à ne pas lire Kant lui-même? Je consens à sortir le cœur brisé d'une lecture poétique, mais non pas le cerveau courbaturé. Ce que j'y cherche, c'est ce soulagement divin qu'on éprouve lorsqu'on est affranchi de la pesanteur, c'est une envolée, une effusion ; c'est dans la succession des idées et l'enfantement des images, ce je ne sais quoi d'imprévu, de lumineux et d'ondoyant qui charme en surprenant sans cesse. Je veux que la Muse ait la robe lâche et que dans le geste le plus sévère, l'entrebâillement des plis laisse de la place pour un songe.

Il paraît que Sainte-Beuve trouvait déjà que la poésie de Sully manquait d'air. Il a plutôt accru que corrigé ce défaut. Il dédaigne trop le luxe, il veut que pas un mot, pas une épithète n'entre dans son vers qui n'y soit absolument nécessaire. C'est trop de rigueur. Ce n'est pas seulement la rime qui doit être riche, c'est la poésie, et sa richesse est faite d'images... Il ne faut pas que le poète en soit avare, et que le dessin lui fasse oublier la couleur.

En matière philosophique surtout, ces largesses sont nécessaires. Plus le sujet est abstrait, plus il faut que le poète, ce sorcier, multiplie les enchantements pour lui donner la vie.

Et Sully porte la peine de son trop de conscience. Il en est arrivé, et s'en plaint, à faire *très difficilement* les vers. Est-ce donc que la faculté poétique diminue en lui ? Non, mais c'est que la poésie n'ose plus sortir, sachant la porte gardée par ces deux gendarmes, l'algèbre et la géométrie. Qu'il apporte moins de restrictions volontaires à l'épanouissement de la pensée, il la verra jaillir de nouveau, abondante et limpide, et nous aurons un pendant aux *Solitudes*.

Je ne serais pas surpris que la contention extraordinaire à laquelle il soumet son cerveau ne soit pour la plus grande part dans les maladies terribles qui, à plusieurs reprises, l'ont déjà terrassé, mis à deux doigts de la tombe. Il les a traversées avec une admirable énergie, recouvrant sa douceur parfaite en même temps que sa raison, stoïque sans forfanterie, décidé à ne pas se plaindre, *pourvu qu'il puisse faire encore des vers !* avouant que la souffrance est un mal, mais prouvant que l'âme est au-dessus.

C'est le moment d'examiner sa philosophie :

Rassurez-vous, je serai bref, d'autant plus que je décline ici toute compétence. Mais une étude sur Sully Prudhomme serait bien incomplète s'il n'y était pas touché un mot de sa doctrine ; je la résumerai en employant le plus possible ses propres termes.

Il y a, dans *Stances et Poèmes*, une belle méditation, *l'Art*, dont on peut inférer que Sully, jeune, a caressé la doctrine séduisante de la transmigration indéfinie à travers les mondes ; les âmes humaines allant, grâce à la mort libératrice, animer d'étoile en étoile des corps de plus en plus beaux, de mieux en mieux doués. Il semble que l'étude sévère, et particulièrement les conclusions de l'analyse spectrale sur la constitution des mondes, aient ruiné en lui cette théorie. On ne la retrouve plus dans les deux grands poèmes philosophiques, *les Destins* et *la Justice.*

Il établit, dans *les Destins*, la nécessité des choses telles qu'elles sont. Le bien et le mal, ou ce que nous appelons ainsi, se prescrivent l'un l'autre; ou plutôt, pour l'*Univers*, il n'y a ni bien ni mal, et ces vaines différences s'effaceraient bien vite si nos yeux pouvaient embrasser le grand tout. C'est encore une idolâtrie de maudire ou de bénir des sorts bons ou mauvais. Car rien n'est bon ni mauvais : le monde s'accomplit tout seul; il est à la fois l'œuvre, l'artiste et le modèle, et tout, la vie et la mort, travaille à cet accomplissement. Donc ne le jugeons pas sur ce qui nous nuit ou ce qui nous sert. Que ce qui nous tue ne nous trouble pas. En nous soumettant, élevons-nous. Le poète *s'abandonne en proie aux lois de l'Univers*, et il reste calme, et il consent à souffrir, sa souffrance étant fatalement utile au développement des choses. « O nature! dit-il magnifiquement :

Tu peux tuer un homme au profit d'une rose,
Toi qui pour créer l'homme éteignis un soleil.

Dispose de moi, mille êtres m'alimentent par

leur mort, l'eau même que je pleure est faite à leurs dépens. J'approuve donc l'emploi mystérieux que tu fais de mes pleurs, je veux étouffer les voix de mon égoïsme pour n'entendre que la tienne, et je voue mon humble part de force à ton chef-d'œuvre.

Cette résignation superbe diffère beaucoup, comme on le voit, de l'humilité chrétienne et du *pessimisme*, cette plaisanterie funèbre de quelques rêveurs d'outre-Rhin, que l'on a pu mettre à la mode dans quelques salons du *monde où l'on s'ennuie*, mais qu'on n'acclimatera jamais, Dieu merci ! dans le pays gaulois de Rabelais et de Voltaire. En interdisant à l'homme la prière ou la malédiction, également vaines, il ne le décourage pas de l'effort ; au contraire, il veut que l'homme concoure au travail universel.

Dans une belle pièce des *Vaines Tendresses*, intitulée : *Défaillance et Scrupule*, il examine avec sincérité ses doutes sur l'utilité de tout labeur. A quoi bon la politique ? Le penchant de l'homme à servir est invincible. A quoi bon la science ? Elle ne sert qu'à nous montrer l'impossibilité de rien savoir. A quoi bon l'amour ? Il n'aboutit qu'à propager une race souffrante. A quoi bon le désir? Nous ne pouvons posséder rien de plus que le monde, et il n'est pas illimité! Voilà ce qu'il se dit; mais aussitôt il s'arrête; il a senti que ce désespoir n'est, au fond, qu'une ruse de sa paresse que lasse le devoir, une excuse à ne point agir, un prétexte de transfuge, de traître à l'idéal! Il secoue cette lâcheté d'un moment, réfute en quelques strophes vigoureuses ses propres sophismes, et retourne au combat sacré.

C'est qu'il est hanté d'un souci sublime : *la Justice.* C'est le problème qui l'attire. Il faut qu'il devine ou qu'il meure.

Vainement le monde a chassé les fantômes. Il croit ne rien savoir, dit-il,

Tant que rien de meilleur n'a remplacé les dieux!

Ce quelque chose de meilleur que les dieux, la Justice, il va donc le chercher, armé de sa raison, dans tout l'Univers. Préoccupé de la vérité seule, il impose silence à son cœur, il se désintéresse de lui-même, il abjure toute espérance. De *veille en veille* (le poème en contient dix), la recherche se poursuit.

Point de justice entre les espèces : elles ne survivent que par l'immolation des faibles.

Dans l'espèce, point de justice. C'est l'égoïsme qui gouverne. L'amour même, qu'est-ce? L'aveugle instinct, qui veut que l'espèce dure. Tout revient là. La puissance de la beauté n'a pas d'autre raison. Peut-être, par mépris de la vie, l'homme renoncerait-il à perpétuer sa misérable race; mais la nature prudente lui a donné le goût de l'idéal : elle a rendu, par l'attrait du beau, l'âme complice du corps et de ses appétits fatals. Donc, point de justice dans l'amour. Les sexes ne la connaissent point.

Les peuples la connaissent-ils? Ils se comportent entre eux comme les espèces.

Dans l'État même, quelle est la règle des relations entre les individus? Une réciprocité telle quelle, l'intérêt plus ou moins bien entendu, voilà ce que nous appelons l'équité, fragile équilibre à chaque instant rompu. Là encore sévit la lutte pour l'existence, que d'héréditaires vainqueurs compliquent d'une lutte non moins âpre pour la domination.

La Justice n'est donc nulle part sur la terre. Faut-il la rêver dans les étoiles? Mais la science, nous l'avons vu, retrouve partout les mêmes éléments gouvernés par les mêmes lois. Dès lors, pourquoi les autres mondes différeraient-ils du nôtre ? Et d'ailleurs, ces lois inévitables qui régissent les choses ne suppriment-elles pas la liberté, cette dernière illusion des âmes ? Et avec la liberté disparaît la Justice. Tout est fatalité dans l'Univers.

Ah ! du moins, il y a Dieu ! s'écrie alors le croyant. Soit, dit le chercheur... Mais la justice de Dieu, où donc est-elle ? Le croyant balbutie : Elle n'est point la nôtre... Quoi donc, il y aurait deux justices ? Qui peut concevoir cela ? Y a-t-il pour une balance deux manières d'être en équilibre ? Non.

L'équité est une, ou elle n'est pas. Si l'ordre du monde est inique, ou Dieu est injuste, ou il n'y a point de Dieu.

Voilà donc la recherche close, et le poète n'a rien trouvé. Quelque chose en lui pourtant murmure. Si la Justice est un vain mot, d'où vient qu'un tort causé lui est un chagrin ? D'où vient qu'il admet en lui, régissant et refrénant ses vœux et ses passions, une ingérence importune, un censeur toujours en éveil, qui, désobéi, se venge par de secrètes morsures ? Est-ce que la Justice, qu'il a vainement réclamée à l'Univers, ne serait pas en lui seulement, là, dans ce cœur qu'il a fait taire, mais qu'il ne peut empêcher de battre ?

Ici, abandonnant la division en sonnets et en stances, le poète monologue en alexandrins superbes, pleins et sonores comme l'airain. Il chante la Conscience, unique autel de la Justice. La justice ne peut exister que là où la nature se connaît et se juge, c'est-à-dire dans l'humanité.

Nos accusations contre l'ordre des choses sont puériles, car l'Univers est affaire, non d'équité, mais de mécanique. Les lois ne peuvent souffrir d'exception. Ce grain de sable me tue ; je proteste. Mais, quoi ! pour déranger ce grain de sable, il eût fallu détruire une loi, c'est-à-dire compromettre l'équilibre entier de l'Univers ! Ne cherchons pas de justice ailleurs qu'en nous.

Elle y est, mais d'où vient-elle ? Remontons à l'origine des choses. Evoquons la nébuleuse primitive, qui forma notre soleil. Pour que la terre, jaillie de ce soleil, élaborât la vie, et que la vie élaborât l'homme, et que l'homme enfin se connût, et, en se connaissant, fît prendre au monde conscience de lui-même, que n'a-t-il pas fallu de siècles et de transformations ! Eh bien ! la distance parcourue est la mesure de notre dignité. Produit de l'Univers, l'homme, accumulant en soi tout ce passé, lorsqu'il trahit sa tâche, lorsqu'il recule, est traître à l'Univers entier ! Il y a plus : il est traître même à sa descendance, car, héritier du mieux, il transmet le pire. Le remords, c'est la voix de la nature, gourmandant l'homme sur ce qu'il a fait du prix de tant de maux qu'elle a soufferts pour le créer. Et la conscience satisfaite, c'est la joie de la nature qui avance d'un pas de plus vers l'idéal. La terre, comme elle est, est la somme des cieux passés ; nous travaillons aux cieux futurs.

Ainsi donc, la justice humaine, par son but, est divine, parce qu'elle a l'aveu du grand tout, le *sacre universel.* Elle siège dans l'homme et jaillit de sa dignité.

Mais le travail qui a fait de l'homme ce qu'il est aujourd'hui, ce travail continue, et ce n'est pas dans la solitude, car l'homme seul ne peut rien : c'est dans la société. La vie en société est voulue par la nature ; c'est elle qui ajoute à la dignité, règle de notre conduite envers nous-mêmes, la sympathie, règle de conduite envers les autres. Il n'y a point de justice en dehors de la sympathie, et c'est la science et la conscience qui développent la sympathie, en éclairant la nature vraie de chacun. Le chef-d'œuvre de la planète, c'est la cité, fondée sur ces bases. Par la cité, l'homme accomplit l'idéal : la fraternité. Le progrès de la Justice, lié à celui des connaissances, s'opère à travers toutes les vicissitudes, les reculs passagers, les révolutions et les martyres : tout y sert, tout y conspire :

> Fumés par le sang des victimes,
> Les oliviers triompheront !

Ainsi donc, le couronnement de la philosophie de Sully Prudhomme, c'est l'*action*. Il n'a pu mentir au génie de notre race, la race de l'entrain par excellence ; et, en faisant de la cité, comme il le dit, le chef-d'œuvre de la planète, et de tous les hommes les coopérateurs de ce chef-d'œuvre, il doit faire, il fait, en effet, de chaque homme un citoyen, de chaque citoyen un patriote.

O puissance de la logique ! l'homme du monde le moins fait pour l'action, le plus dédaigneux de la politique, est arrivé ainsi à préconiser l'une et à sanctifier l'autre.

Nous allons voir, du reste, que s'il n'a pu vaincre son aversion pour les batailles de journaux, il n'a pas biaisé quand il s'est agi de patriotisme.

Déjà, dans *Stances et Poèmes*, se trahissait son goût théorique pour l'action et son dépit de s'en sentir à peu près incapable. Je dis qu'il dédaigne la politique : j'entends par là la polémique au jour le jour, qui lui semble un bavardage sans portée et sans bonne foi. Mais il a des opinions aussi sérieuses que celles de maints docteurs ès politique, et beaucoup plus arrêtées. Il n'en fait pas parade, et il a raison, car, en sa qualité d'artiste, il mêle assez curieusement des préoccupations aristocratiques à des tendances républicaines on ne peut plus nettes, et qui, sur certains points, frisent le socialisme.

Il a médité plus que n'importe quel socialiste les questions sociales : c'est dans son premier volume que se trouvent les strophes éloquentes :

Je revenais du Louvre hier...

où, malgré sa vénération pour les Vénus antiques, il s'interroge, anxieux, devant une pauvresse rencontrée à la sortie, sur la légitimité de ce fait brutal :

Les femmes de pierre ont des Louvres,
Les vivantes meurent de faim !

Dans ce même volume se trouvent de beaux vers, pleins d'un religieux enthousiasme, sur le martyre de la Pologne. Hélas ! il a eu l'occasion d'en pleurer un autre ! Et pas un cœur n'a plus cruellement ressenti nos affronts et nos douleurs ! Car il aime la France ; c'est une chose remarquable dans un esprit si méthodique, si réfléchi, avec des ardeurs et des ingénuités d'enfant. Certes, il a eu ses découragements. Le pire, c'est après l'aventure du 24 Mai qu'il l'a ressenti. Le sot triomphe des hommes de l'ordre moral l'avait écœuré, au point qu'il lui échappa de dire : « C'est à se faire naturaliser Suisse ! » Encore choisissait-il une République, et celle dont les Alpes sont citoyennes. Mais il quitta bien vite la *Jung Frau* pour la France. Et l'un des premiers, ce rêveur, ce solitaire à qui tout tapage fait horreur, porta sa souscription au *Temps*, pour les frais de la propagande républicaine.

C'était de l'action, cela. Au reste, il avait agi déjà. En 1870, la guerre était à peine déclarée que, prévoyant l'issue, ce contemplatif, ce malade, car il l'était alors, n'eut plus qu'une seule pensée, se faire soldat. Il échappait, par son âge, au rappel sous les drapeaux. N'importe, il s'engagea, et il fut des mobiles de la Seine.

Le dépôt de son bataillon était à la caserne de la Tour-Maubourg. C'est là que, six semaines durant, Sully donna l'exemple de la soumission, du dévouement le plus absolus. Dieu sait quels soldats faisaient ses compagnons, ces jeunes Parisiens, élevés dans la blague, capables, certes, de recevoir et de rendre les coups fort galamment; mais, en toute autre chose, prêts à en faire le moins possible, et surtout en face de la discipline, très disposés à prendre la tangente, brûlant la politesse à dame Théorie. Sully, point du tout; il sut obéir, il y mit de l'empressement; les corvées qu'on évite, il les recherchait. Celle qui se fait sur le coup de huit heures, et qui nécessite un si énergique emploi du balai, cette corvée qui fait bouder les braves, Sully s'en accommodait sans honte et sans tristesse. Il faisait bon voir à cette besogne le poète du *Vase brisé*. Il ne brisait rien ; il déployait des talents extraordinaires. Ainsi, comme caporal instructeur, il était unique, et les bons juges s'étonnaient qu'un gaillard qui enseignait si bien le maniement des armes ne fût pas au moins lieutenant. Le fait est qu'il réussissait mieux que les sergents même sortis de l'armée; et cela pourquoi ? C'est que, suivant la pente de son esprit, il avait non seulement appris la théorie par cœur, mais qu'il avait voulu s'en expliquer la raison d'être. Il avait découvert, et il démontrait à ses recrues que le mouvement : Portez armes ! tel qu'elle l'enseigne, est, de toutes les façons de l'exécuter, le plus simple, le plus rapide, le moins fatigant. Les conscrits sous sa direction faisaient avec lui l'expérience, et demeuraient ébahis. Et ils retenaient d'autant mieux la chose qu'ils l'avaient comprise.

Sully avait donc là une belle balle en mains, et probablement serait devenu un stratège consommé ; mais la maladie coupa court à sa carrière ; il s'était surmené, et, malgré lui, le conseil le réforma. Aussi ne repense-t-il jamais avec plaisir à ce bref épisode de sa vie. Il croit qu'à ce moment, personne en France n'a fait tout son devoir, et on dirait qu'il ne se pardonne pas à lui-même de n'avoir pas accompli davantage.

L'impression de la guerre n'est pas moins restée ineffaçable dans son esprit. Au lendemain même, il écrivait *Fleurs de sang*, cet admirable reproche du poète aux fleurs qui osent refleurir encore sur notre terre mal essuyée ; et il fit cette confession, qu'il appelle *Repentir*, et que je ne puis ni ne dois, ce me semble, résister au plaisir de vous lire :

REPENTIR

J'aimais froidement ma patrie,
Au temps de la sécurité ;
De son grand renom mérité
J'étais fier sans idolâtrie.

Je m'écriais avec Schiller :
« Je suis un citoyen du monde ;
En tous lieux où la vie abonde,
Le sol m'est doux et l'homme cher !

« Des plages où le jour se lève
Aux pays du soleil couchant,
Mon ennemi, c'est le méchant,
Mon drapeau, l'azur de mon rêve !

« Où règne en paix le droit vainqueur,
Où l'art me sourit et m'appelle,
Où la race est polie et belle,
Je naturalise mon cœur.

« Mon compatriote, c'est l'homme ! »
Naguère ainsi je dispersais
Sur l'univers ce cœur français :
J'en suis maintenant économe.

J'oubliais que j'ai tout reçu,
Mon foyer est tout ce qui m'aime,
Mon pain, et mon idéal même,
Du peuple dont je suis issu ;

Et que j'ai goûté dans l'enfance
Dans les yeux qui m'ont caressé,
Dans ceux même qui m'ont blessé,
L'enchantement du ciel de France !

Je ne l'avais pas bien senti ;
Mais, depuis nos sombres journées
De mes tendresses détournées
Je me suis enfin repenti :

Ces tendresses, je les ramène
Etroitement sur mon pays,
Sur les hommes que j'ai trahis
Par amour de l'espèce humaine,

Sur tous ceux dont le sang coula
Pour mes droits et pour mes chimères:
Si tous les hommes sont mes frères,
Que me sont désormais ceux-là ?

Sur le pavé des grandes routes,
Dans les ravins, sur les talus,
De ce sang qu'on ne lavait plus
Je baiserai les moindres gouttes ;

Je ramasserai dans les tours
Et les fossés des citadelles
Les miettes noires, mais fidèles,
Du pain sans blé des derniers jours;

Dans nos champs défoncés encore,
Pèlerin, je recueillerai,
Ainsi qu'un monument sacré,
Le moindre lambeau tricolore;

Car je t'aime dans tes malheurs,
O France! depuis cette guerre,
En enfant, comme le vulgaire
Qui sait mourir pour tes couleurs;

J'aime avec lui tes vieilles vignes,
Ton soleil, ton sol admiré
D'où nos ancêtres ont tiré
Leur force et leur génie insignes.

Quand j'ai de tes clochers tremblants
Vu les aigles noires voisines
J'ai senti frémir les racines
De ma vie entière en tes flancs.

Pris d'une piété jalouse
Et navré d'un tardif remords,
J'assume ma part de tes torts;
Et ta misère, je l'épouse.

Après cette belle pièce, et pour finir, je veux en dire encore quelques-unes, inédites, que j'ai pu obtenir de son amitié, et auxquelles il a bien voulu donner pour moi le dernier coup de rabot. Ce m'est un honneur autant qu'une joie, car je les tiens des plus parfaites qu'il ait écrites. Ce n'est pas le métaphysicien qui parle là; c'est le poète, et il a rarement donné dans le ciel du Beau de si harmonieux coups d'aile.

LA RÊVERIE

La rêverie est de courte durée.
Frêle plaisir que la raison défend,
Elle est pareille à la bulle azurée
Qu'enfle une paille aux lèvres d'un enfant.

La bulle éclôt; de plus en plus ténue,
Elle se gonfle, oscille au moindre vent,
Puis, détachée, elle aspire à la nue,
Part et s'envole et flotte en s'élevant.

Elle voyage (ainsi fait un beau rêve)
Sans autre but que de s'enfuir du sol:
Une vapeur, un parfum la soulève,
Un rien l'entraîne ou ralentit son vol.

Dans un nuage autrefois suspendue,
Elle voguait par l'éther, en plein jour!
Du ciel tombée elle est au ciel rendue,
Elle remonte à son premier séjour.

Et c'est pour elle un souverain délice.
Fille de l'air, moins pesante que lui,
De l'explorer, et, qu'elle plane ou glisse.
De se fier à son fragile appui.

Miroir limpide et mouvant, toutes choses
Y font tableaux passagers et tremblants,
Les monts lointains et les prochaines roses
Et l'infini se mirent dans ses flancs.

Sous le soleil, dont tous les feux ensemble
En s'y doublant se croisent ardemment,
Elle s'irise et rayonne, et ressemble
A quelque énorme et léger diamant.

Mais il suffit que près d'elle se joue
Une humble mouche, un flocon dans les airs,
Et soudain crève et tombe et devient boue,
La vagabonde où brillait l'univers !

La rêverie est de courte durée,
Frêle plaisir que la raison défend ;
Elle est pareille à la bulle azurée
Qu'enfle une paille aux lèvres d'un enfant.

L'AMOUR ASSASSINÉ

SONNET

Comme un pauvre honteux frappe son nouveau né,
Parce qu'il ne peut pas le nourrir sur la terre,

Et, fort de désespoir, dans un coin solitaire
L'enfouit tiède encore et mal assassiné,

J'ai frappé mon amour en naissant condamné;
Je l'ai mis dans la fosse et j'ai clos sa paupière.
Puis j'ai roulé sur lui la plus pesante pierre,
Et je suis parti seul, de ma force étonné.

Je le croyais bien mort. Etrange découverte !
Je le revois, debout, sur sa tombe entr'ouverte,
Au milieu des lilas qu'avril y fait fleurir.

« Ah ! dit-il, le front pâle et ceint d'une immortelle,
« Tu ne m'as qu'étourdi, je retourne auprès d'elle,
« Ce n'est pas de ta main que je pourrai mourir. »

LES SOUVENIRS

—

SONNET

—

Lorsque nous vieillissons, tout lointain souvenir
Nous est fidèle encore, en dépit des années;
Les fleurs de notre avril en vain se sont fanées,
Leurs images en nous ne se peuvent ternir.

Mais au contraire, hélas! voulons-nous retenir
De nos impressions les plus récemment nées?
Elles s'effacent vite et meurent, condamnées,
Moins anciennes dans l'âme, à plus tôt y finir.

Comme un prompt échanson, qui, sans reprendre haleine
Passe devant la coupe et la tient toujours pleine,
Le temps passe et remplit la mémoire à plein bord.

Le souvenir nouveau, c'est la dernière goutte
Qui, sous le moindre heurt, s'en échappe d'abord,
Tandis que la première au fond demeure toute.

HASARDS

—

Que d'étranges hasards, de chances obstinées
N'a-t-il pas fallu pour qu'un jour,
Dans la trame sans fin des brèves destinées,
Nos deux âmes ensemble ici-bas fussent nées?
Et tu ne sais pas mon amour!

Sous le même soleil et sur la même terre
Se croiseront en vain nos pas,
Le blé qui nous nourrit, l'eau qui nous désaltère
Sont les mêmes; pourtant je vivrai solitaire,
Comme si tu n'existais pas.

Et je pleure, et, jouet des forces inconnues,
Mes larmes tombent sur le sol ;
Elles sèchent bientôt, et, vapeur devenues,
Peut-être tu les vois errer avec les nues
Où l'oiseau se mouille en son vol.

Et peut-être l'oiseau s'abat sur ta fenêtre,
Docile à quelque aveugle loi,
Et tu lui fais accueil, et tu baises peut-être
Comme un envoi du ciel, mais sans les reconnaître,
Ces pleurs que j'ai versés pour toi.

Je terminerai ici cette étude, que mon amitié a faite bien longue, que mon admiration trouve encore trop courte. Permettez-moi de rappeler ce que je disais en commençant, ce que, je crois, personne ne démentira après m'avoir entendu : « Voici, certes, un des plus beaux exemplaires que l'humanité ait tirés de soi-même. » Penseur, homme et poète, il serait comme ses sonnets, sans défaut, s'il ne voulait être de l'Académie. Mais c'est peut-être là, après tout, une de ces concessions que, homme du monde, il se croit obligé de faire aux convenances sociales. Et, pour ne pas finir sur un trait qui pourrait faire mettre en doute le respect véritable que je mêle à mon amitié pour lui, je me résumerai en disant que Sully Prudhomme ne sera peut-être jamais très populaire, mais que, poète, il occupera toujours dans la bibliothèque des lettrés et des délicats cette place d'honneur que, comme homme, il occupe dans le cœur de tous ses amis.

Évreux, CH. HÉRISSEY, imp.

www.ingramcontent.com/pod-product-compliance
Lightning Source LLC
LaVergne TN
LVHW020334230826
846091LV00003B/873

* 9 7 8 2 0 1 9 6 9 9 1 7 8 *